JN088026

文豪のすごい性癖

開発社

イースト新書Q

Q074

はじめに

偉大な作家に送られる称号――「文豪」

明治維新によって近世から近代への過渡期を迎えると、文学は大きく変移した。坪内逍遥《つぼうちしょうよう》は「ノベル（novel）」を「小説」と訳し、『小説神髄』によって小説を芸術の一ジャンルとして規定した。教育家・外山正一《とやままさかず》らは在来の「詩＝漢詩」からの脱却を目指し、『新体詩抄』で詩歌の改良を提唱した。

時を同じくして、学校教育や活版印刷、マスコミが発達し、読者層が飛躍的に拡大。強い追い風を受けた結果、文壇・詩歌壇には数多の作家が登場し、その中からとくに優れた者たちが「文豪」と呼ばれるようになった。

突出した才能を持つ文豪たちは、実に曲者揃いだ。

自らの性欲に忠実で多くの愛人を抱える者。借金を繰り返して遊蕩三昧する者。少女性愛や近親相姦などの特殊なフェティシズムを持つ者。酒に溺れて素行不良を繰り返す者。薬物依存症となり奇行に走る者。精神疾患を抱えて死を選ぶ者……。

「事実は小説よりも奇なり」とは言い得て妙であり、彼らの人物像に迫れば迫るほど、彼らが生み出した名作を、はるかに凌ぐ物語が見えてくる。

本書は、こうした文豪たちのエピソードを「性愛」「色情」「家族」「情緒」の4ジャンルに分けて紹介している。

彼らは、ときに自らの体験を赤裸々に告白した私小説を綴り、ときに下種な本性を隠して崇高な詩歌を詠む。文豪の「性癖（性質の偏り）」と「作品」を必ずしも重ね合わせる必要はない。だが、彼らの意外な素顔を知ることで、作品への理解が深まるはずだ。

本書を通じて、興味を持った文豪の名作に触れる機会や、過去に読んだ名作を読み返して新たな発見を得る機会があったとしたら、これに勝る喜びはない。

文豪のすごい性癖●目次

第2章　文豪の色情

第3章　文豪と家族

第4章　文豪の情緒

第1章

文豪の性愛

男とは女性の美にひざまずくものなり

谷崎潤一郎《たにざきじゅんいちろう》

生没年月日

1886(明治19)年7月24日～
1965(昭和40)年7月30日

出身地

東京府東京市
(現・東京都中央区)

代表作

『刺青』
『痴人の愛』
『細雪』

プロフィル

東京帝国大学国文科に進学後、24歳のときに『刺青』で文壇デビュー。女性の美を礼賛する作品をメインテーマに掲げ、『痴人の愛』『春琴抄』『細雪』などの話題作を次々と発表し、耽美主義の中心人物となった。

足への執着が窺える鮮烈なデビュー作

明治末期から昭和中期まで、半世紀以上に渡って活躍した谷崎潤一郎。晩年の昭和30年代にはノーベル賞候補にもその名が挙がるなど、日本を代表する文豪の1人だ。

谷崎は1910(明治43)年、24歳のときに短編小説『刺青』を発表した。同作は、日頃から「絶世の美女の白肌に、渾身の作品を彫り込みたい」と願う彫り師・清吉の物語である。あるとき、ついに清吉は運命とも思える理想の女性に巡り合うのだが、そのきっかけは駕籠から覗いた生足だった。

その女の足は、彼に取っては貴き肉の宝玉であった。拇指から起って小指に終わる繊細な五本の指の整い方、江の島の海辺で獲れるうすべに色の貝にも劣らぬ爪の色合い、珠のような踵のまる味、清冽な岩間の水が絶えず足もとを洗うかと疑われる皮膚の潤沢。この足こそは、やがて男の生血に肥え太り、男のむくろを踏みつける足であった。

特筆すべきは、足に対する官能的な表現力だ。彼の処女作は戯曲『誕生』だが、小説としてはこれが第一作目である。足や肌に対するフェティシズムと、彫り師の性的倒錯を見事に描いた同作は、永井《ながい》荷風《かふう》に絶賛され、華々しい文壇デビューを果たすこととなった。

　その後も次々と秀作を生み出していくが、その特徴は徹底した「女性讃美」である。美しい女性を前にしたら、男はひざまずかずにはいられない――そんな谷崎の思想は、多くの作品で確認でき

谷崎潤一郎

る。しかし、美とは選別を伴う残酷なものだ。谷崎は、三度の結婚を経験したが、1人目の妻・千代には美を見出せなかったようだ。というのも、従順で家庭的な千代に退屈さを感じ、あろうことか千代の妹・せい子に手を出したのである。当時、せい子は15歳にも満たなかったが、奔放な性格と肉感的な肢体の虜となった。1924（大正13）年に発表した『痴人の愛』に登場する少女「ナオミ」は、せい子がモデルであり、谷崎は同作を私小説であることを明言している。

主人公の譲治（谷崎）は、カフェの女給をしていた15歳のナオミを自分好みの女に育てようと画策する。ところが、小悪魔的な魅力を持つナオミを前に、いつの間にか立場は逆転してしまう。決定的なシーンは、譲治がナオミのムダ毛を処理するところだ。「いやらしいことはしない」という約束で彼女の柔肌に剃刀をあてるが、すぐに我慢の限界を迎える譲治。ナオミの機嫌を損ねたことに気づくと、慌てて彼女の前にひざまずき、「何でもお前の言うことを聴く」「いやなら俺を殺してくれ」とまくしたてる。そして、しまいには四つんばいになり、セックスができないのなら、せめて俺を馬にしてくれと自分の背中へ乗ることを要求する。

ナオミは、完全服従の姿勢を示した譲治に跨がると、「これから何でも言うことを聴く」

「必要なだけお金を出す」「呼び捨てにせず『ナオミさん』と呼ぶ」といった要求を次々と認めさせていく……。このように、谷崎文学の女性讃美は、しばしば行き着く先がマゾヒズムであることも珍しくない。

晩年もブレない足フェチとマゾ願望

さて、1930（昭和5）年に千代と離婚した谷崎は、翌年に21歳年下の女性記者・丁未子と再婚する。しかし、実はこのときすでに松子という人妻が気になり出していた。結果、丁未子とは2年で別居し、1935（昭和10）年、松子を最後の妻として迎え入れている。ちなみに、千代との離婚劇に関連し、谷崎は友人・佐藤春夫《さとうはるお》に千代を譲るというかの有名な「小田原事件&細君譲渡事件」が勃発するのだが、この事件の詳細は佐藤の項で紹介することとしたい。

晩年の谷崎は高血圧により不能に陥るが、松子の連れ子の妻を可愛がり、彼女をモデルにした『瘋癲老人日記』を発表。「老人が息子の妻に性的魅力を感じ、足で頭を踏んでもらう」というシーンを描いたのち、実際に連れ子の妻にもそのシーンを再現してもらったというから、生涯を通じてブレることない性趣向には、ただただ恐れ入るばかりだ。

文壇に衝撃を起こした匂いフェチ

田山花袋《たやまかたい》

惚れた女の残り香を嗅ぎながら涙を流す

日本の文壇における自然主義のパイオニア・田山花袋。彼の名声を一躍広めた作品が、1907（明治40）年に発表した『蒲団』である。

妻子持ちの中年作家・竹中時雄が、美しい女弟子・芳子に抱いた淡い恋情を綴った短編小説だが、そのラストシーンが大きな話題を呼ぶこととなった。時雄の恋は実ることなく、芳子は帰郷してしまったが、その後、芳子が使っていた部屋に入った時雄の行動が衝撃的だったのだ。

時雄は机の抽斗を明けてみた。古い油の染みたリボンがその中に捨ててあった。時雄

生没年月日

1871（明治4）年1月22日～
1930（昭和5）年5月13日

出身地

栃木県邑楽郡館林町
（現・群馬県館林市）

代表作

『少女病』
『蒲団』
『田舎教師』

プロフィル

尾崎紅葉に師事して小説家になるも、不遇の時代を過ごす。35歳のときに発表した『蒲団』で注目を集める。その後『生』『妻』『縁』の三部作を発表し、自然主義文学の代表となったほか、紀行文も高く評価された。

はそれを取って匂いを嗅いだ。（中略）芳子が常に用いていた蒲団――（中略）時雄はそれを引出した。女のなつかしい油の匂いと汗のにおいとが言いも知らず時雄の胸をときめかした。夜着の襟の天鵞絨の際立って汚れているのに顔を押附けて、心のゆくばかりなつかしい女の匂いを嗅いだ。性慾と悲哀と絶望が忽ち時雄の胸を襲った。時雄はその蒲団を敷き、夜着をかけ、冷たい汚れた天鵞絨の襟に顔を埋めて泣いた。

いい歳をした中年男性が、惚れた女が使用していた蒲団に入り、その残り香を嗅ぎながら泣く……という何とも情けなく、かつ変態じみた行動だが、実はこの話は田山の実体験にもとづいたものだと考えられている。

女弟子・芳子のモデルとなったのは、岡田美知代《おかだみちよ》という女学生だ。美知代は田山の熱心なファンであり、作中と同じく田山に弟子入りしている。そんな彼女に恋心を抱いた田山だったが、美知代もまんざらではなかったようだ。というのも、田山が日露戦争に従軍記者として出征した際、美知代は幾度となく田山に手紙を送り、その内容はあたかも恋文のような熱いメッセージで埋め尽くされていたからだ。

帰国後に美知代と結ばれる……田山もそんな期待に胸を膨らませていたに違いない。しかし、いざ帰国すると、あろうことか美知代は別の男性と恋仲になっていたというから驚きである。かくして美知代は田山邸を去っていったが、このときの気持ちを赤裸々に綴った作品が『蒲団』というわけだ。蒲団の匂いを嗅いで涙を流すシーンは、美知代に対する田山の強い未練が込められているのかもしれない。

ちなみに、のちに美知代は件の男性とともに田山邸を訪れ、田山に世話を頼んで結婚したというから、そのたくましさたるや恐れ入る。ただし、この頃には田山も芸者の愛人を抱えていたことを付け加えておきたい。

『少女病』に描かれたロリコン趣味と痴漢願望

一方、『蒲団』と同年に発表された短編小説『少女病』も非常に癖の強い作品だ。主人公は出版社に勤める既婚男性で、通勤電車で見かける少女たちを眺めて妄想に耽るのが好きだというロリコン趣味を持っている。そんな同作から、主人公が満員電車で少女と密着した際の描写を紹介しよう。

込合った電車の中の美しい娘、これほどかれに趣味深くうれしく感ぜられるものはないので、今迄にも既に幾度となく其の嬉しさを経験した。柔らかい着物が触る。得られぬ香水のかおりがする。温かい肉の触感が言うに言われぬ思いをそそる。ことに、女の髪の匂いと謂うものは、一種の烈しい望を男に起こさせるもので、それが何とも名伏せられぬ愉快をかれに与えるのであった。

仰々しく綴っているが、有り体に言えば痴漢一歩手前の思考である。それればかりか、劣情を抱く対象が少女に限定されているのも業が深い。

『少女病』が田山の実体験かは不明だが、主人公が挙げている4つの嬉しい経験（着物、香水、肉、髪）のうち、2つが匂いである点は見逃せない。同時期に発表された『蒲団』でも、リボンや蒲団に残る女の匂いに言及していたのは、果たして偶然だろうか。痴漢願望もさることながら、改めて田山の〝匂いフェチ〟が垣間見られる作品と言えよう。

なお、フランスで誕生した自然主義は「自然の事実を美化せずに表現する」という手法だ。しかし、日本においては田山の『蒲団』の影響が強く、客観性や構成力をおきざりにしたばかりか「現実を赤裸々に描く」との誤った認識が広まった。結果、日本自然主義は愛欲に満ちた作品の発表が増えることとなり、これは田山の功罪かもしれない。

愛人の肢体を手紙で褒めちぎる

斎藤茂吉《さいとうもきち》

27歳も年下の愛人に送った色欲まみれのラブレター

師である伊藤左千夫《いとうさちお》の死後、アララギ派の中心人物として活躍した斎藤茂吉。守谷家の三男として誕生し、同郷の精神科医・斎藤紀一《さいとうきいち》のもとで勉学に励んだのち、1905（明治38）年に斎藤家の養子となった。1914（大正3）年には紀一の娘・輝子と結婚したが、夫婦仲は決して良好とはいえなかった。輝子は家にいることを嫌い、育児もそこそこに外出することが目立ったという。

もちろん、茂吉にも原因があったようで、義父は茂吉の医師としての才能を高く評価する一方で「変わり者」と評している。また、茂吉は医師と歌人という二足の草鞋を履いていたことから、家族の時間をおろそかにしていたのかもしれない。この結果、輝子も女性

—— 生没年月日 ——

1882(明治15)年5月14日～
1953(昭和28)年5月25日

—— 出身地 ——

山形県南村山郡
(現・山形県上山市)

—— 代表作 ——

『赤光』
『あらたま』
『白き山』

—— プロフィル ——

伊藤左千夫の門下に入り、アララギ派の中心人物として活躍。1913(大正2)年に発表した処女歌集『赤光』で注目を集める。また、精神科医でもあり、青山脳病院(現・斎藤病院)の院長も務めた。二男は作家の北杜夫。

としての喜びを外に求めたのだろう。1933（昭和8）年、ダンス講師と上流階級の夫人たちが起こした不純恋愛（ダンスホール事件）が警察に摘発されると、参加者のなかに輝子がいたことがメディアに大きく報じられてしまった。

このスキャンダル以後、茂吉は輝子と別居生活を送っていたが、そんな傷心中の1934（昭和9）年、正岡子規の忌歌会で歌人・永井《ながい》ふさ子《こ》と出会った。当時、茂吉は52歳、ふさ子は25歳で、当初こそふさ子の若い才能を愛でていた茂吉だったが、いつしかそれは恋心へと変わり、ほどなくして肉体関係を持つようになった。ふさ子への思いは会っていない間も膨らむばかりで、生々しい感情を綴った手紙が残されている。

ふさ子さん！ふさ子さんはなぜこんなにいい女体なのですか。何ともいへない、いい女体なのですか。／銀座などでどんなひとにあひましても体に変化は起こらないのに、お手紙の一行でも呼んでゐるうちに体に変化が起こつてまゐります。

五十路を過ぎた男の手紙とは思えないほど情熱的な言葉が並んでいるが、茂吉にとっては、遅くに訪れた青春時代だったのかもしれない。

妻に愛人との3Pや中絶を強いたサド作家

澁澤龍彦《しぶさわたつひこ》

生没年月日

1928(昭和3)年5月8日〜
1987(昭和62)年8月5日

出身地

東京府東京市
(現・東京都港区)

代表作

『唐草物語』
『悪徳の栄え』(翻訳)
『黒魔術の手帖』

プロフィール

高校時代にフランス語を学び、フランス文学に触れる。1959(昭和34)年にマルキ・ド・サドの『悪徳の栄え』を翻訳出版したが、過激な性描写がわいせつ文書に当たるとして起訴され、有罪判決を受けた。

過激な翻訳本で有罪判決を受けたサド裁判

「実業の父」渋沢栄一《しぶさわえいいち》を遠縁に持つ澁澤龍彦は、旧制浦和高校時代にフランス語を学び、フランス文学を原書で読み漁るような若者だった。当時はアンドレ・ブルトンやジャン・コクトーに夢中だったが、東京大学進学後は卒論のテーマにマルキ・ド・サドを選んでいる。サドは18世紀フランスの小説家で、嗜虐的な作品や言動が多かったことから「サディズム」の語源になった人物だ。

澁澤は、そんなサドの代表作である『悪徳の栄え』を1959(昭和34)年に翻訳・出版し、わいせつ文書販売および同所持の容疑で起訴されている。通称「悪徳の栄え事件」や「サド裁判」などと呼ばれた同裁判は、最高裁までもつれ込み、有罪判決となった。

当初から澁澤は有罪無罪に関心がなく、お祭り感覚で楽しんでいる節があった。このため、いい加減な答弁をしたり、遅刻をしたりとやりたい放題。「罰金7万円」の求刑が決まった際にも、マスコミに対して「たった7万円とは、人を馬鹿にしている」「7万円程度ならば、また出版する」などと語り、世間を大いに驚かせた。

酔い潰れている横で妻と友人がセックス

私生活では二度の結婚を経験し、最初の妻はファンタジー作家の矢川澄子《やがわすみこ》である。2人は1955（昭和30）年、岩波書店の校正バイトで知り合った。ほどなくして交際をはじめ、4年後に入籍したが、1968（昭和43）年に離婚している。しばしば「一卵性双生児」とも称されたほど夫婦仲は良く、長年、離婚の理由は明らかになっていなかった。一説には、詩人・谷川雁《たにがわがん》を好きになって家を出たとも囁かれたが、結局、矢川は谷川と結ばれていない。当時は、サド裁判の真っ最中でもある。おおかた、澁澤のサディスティックな性癖に愛想を尽かしたのだろうという見方もあった。

事実、澁澤は矢川を愛していながらも、一般的な夫婦では許容できないようなことを平然と行っていた。たとえば、澁澤の死後に矢川が出版したエッセイ『おにいちゃん 回想の澁澤龍彦』では、数度の妊娠中絶をさせていたことが綴られている。

おたのしみの後始末はこちらが一方的に背負い込む――。考えてみればまことに不合理な仕組みでしたけれど、かといってそのたびにごめんよといってあやまる少年に、少女としては大丈夫、平気よ以外の何がいえたでしょう。

また、澁澤は離婚後のインタビューで矢川と愛人との3Pを告白している。夫からの懇願に対し、矢川も渋々応じていたようだが、「最終的に受け入れた矢川も共犯者」といった旨の身勝手な解釈をしている。

しかし、離婚の原因が澁澤だけにあるかといえば、そうでもない。というのも、矢川にも不倫の経験があったからだ。お相手は詩人の加藤郁乎《かとういくや》。加藤は、1976（昭和51）年に澁澤らとの交友を綴った『後方見聞録』を出版しているが、2001（平成13）年の加筆版で矢川との不倫を暴露している。加藤の回想によれば、澁澤は自宅に友人を招いての酒宴を好み、加藤もその常連だった。そしてある晩、澁澤が酔い潰れて先に寝てしまったとき、加藤が矢川に迫ってそのまま肉体関係を持ったのだという。

寝ている夫の横で、妻と友人が禁断の情交――。まるで官能映画のような世界だが、加藤は「黒魔術にたぶらかされて魔が射したとしか言いようがない。それにしても不思議な成り行きだった」と釈明している。しかし興味深いことに、加藤は「自分たちの行為に澁澤が気づかないわけがない」と指摘している。

ただ、この出来事について澁澤から問い詰められたことはなかった。加藤は、その理由を「紳士の嗜み」や「友誼を重んじるダンディズム」、さらには「狸寝入りかもしれない」などと分析している。

果たして、澁澤は妻の不倫現場を目撃していたのだろうか。今となっては知る由もないが、もしも目撃していたのだとしたら――日本にサドを広めた男が〝寝取られ〟という被虐的な事態に遭遇し、どのような感情を抱いたのか、実に気になるところだ。

澁澤龍彦

秘密の日記にしたためた遊郭狂いの日常

石川啄木《いしかわたくぼく》

――生没年月日――

1886(明治19)年2月20日～
1912(明治45)年4月13日

――出身地――

岩手県南岩手郡
(現・岩手県盛岡市)

――代表作――

『あこがれ』
『一握の砂』

――プロフィル――

曹洞宗日照山常光寺の住職の長男として生まれる。中学時代に『明星』を読み、与謝野晶子をはじめとした短歌に傾倒。生活苦のなかで創作活動を続けていたが、評価を受けはじめた矢先、26歳のときに肺結核で死去。

眠っている遊女の膣に手首を入れる

腹膜炎と肺結核を患い、わずか26歳でこの世を去った石川啄木。「夭逝の天才歌人」といった印象が強いが、私生活における「借金魔」や「娼妓遊び」など、いわゆるダメ人間としてのエピソードも有名だろう。

そんな啄木の〝本性〟を知る上で有用な資料は『ローマ字日記』だ。同書は、1909(明治42)年、妻を故郷に残し、東京で単身生活を送っていた啄木の日記を書籍化したものので、タイトル通り全文がローマ字表記となっている。それにしても、なぜ、わざわざ個人的な日記をローマ字でしたためたのだろうか。理由は単純で、ずばり「妻に読まれたくなかったから」である。この日記には、周囲に対する嫉妬心や卑屈な心情などのほか、浅草の娼妓との交わりがこと細かに描写されているのだ。なかでも、4月10日の行為は刺激的であり、日本語表記にした一節を紹介しよう。

女は間もなく眠った。予の心はたまらなくイライラして、どうしても眠れない。予は女の股に手を入れて、手荒くその陰部をかきまわした。しまいには五本の指を入れてできるだけ強く押した。女はそれでも目を覚まさぬ。おそらくもう陰部については何の感覚もないくらい、男に慣れてしまっているのだ。何千人の男と寝た女！　予はますますイライラしてきた。そしていっそう強く手を入れた。ついに手は手首まで入った。

自身の苛立ちをぶつけるため、眠った遊女の膣内に手首を入れる――現代風に言えばフィストファックを敢行しているのだ。さらに、目を覚ました遊女に対しても怒りは冷めず、なんと、この遊女の膣を裂いて殺す妄想まで日記に書き殴っている。

ああ、男には最も残酷な仕方によって女を殺す権利がある！

たしかに、これほどまでに歪んだ感情を妻に知られたくはないだろう。啄木は、妻・節子に自分の死後、日記を処分するよう伝えていたそうだ。だが、節子は処分することができず、啄木の親友である金田一京助《きんだいちきょうすけ》の手に渡ったばかりか、あろうことか死後70年近くが経過した１９７０年代に書籍化までされてしまった。

石川啄木

借金の総額は現代換算で約1500万円！

さて、啄木と言えば、周囲の友人・知人に、ことあるごとに金を無心していたことでも知られている。返済する気があったかどうかは不明だが、啄木は几帳面にも借金の記録を詳細に残しており、その記録によれば、借金した相手は合計63人・総額１３７２円50銭である。現代に換算すると約１５００万円であり、これらの金は生活費だけでなく娼妓遊びに費やしていたそうだ。また、友人と食事や酒を飲む機会があっても、自分の財布からは決して金を出そうとせず、奢ってもらってばかりいたという。こうして啄木の人物像に迫れば迫るほど、あの『一握の砂』の有名な短歌も違った印象に見えてくるから不思議である。

はたらけど
はたらけど猶わが生活《くらし》楽にならざり
ぢつと手を見る

一度でも我に頭を下げさせし
人みな死ねと
いのりてしこと

清貧然とした前者の歌と、怨恨が垣間見られる後者の歌。どちらも自尊心から生み出された、啄木らしい作品と言えるのかもしれない。

玄人女性をこよなく愛した遊蕩の生涯

永井荷風《ながいかふう》

生没年月日
1879（明治12）年12月3日～
1959（昭和34）年4月30日

出身地
東京府東京市小石川区
（現・東京都文京区）

代表作
『つゆのあとさき』
『濹東綺譚』
『断腸亭日乗』

プロフィル
エリート官僚の家庭に生まれ、24歳から約5年間、アメリカ、フランスへ遊学。帰国後は反自然主義である耽美主義の中心的作家として活躍したほか、約42年間に渡って綴られた日記『断腸亭日乗』の評価も高い。

親族の顰蹙《ひんしゅく》を買った愛人との再婚

永井家は尾張国の豪農で、父・久一郎《きゅういちろう》は官僚の要職や日本郵船の上海支店長などを歴任したエリートだ。そんな裕福な家庭で育った永井荷風は、幼い頃から文学や芝居に親しみ、金銭苦とは無縁の悠々自適な前半生を送っていた。

1897（明治30）年、官立高等商業学校付属外国語学校（現・東京外国語大学）に進学するも、落語や尺八などの芸能に明け暮れた末に中退。その後は歌舞伎の劇作者を目指したり、落語家に弟子入りしたりするかたわらで、小説の執筆も行うなど、創作活動に勤しんでいた。

しかし、父の久一郎は荷風を実業や金融の世界で働かせたかったようだ。1903（明治36）年、24歳になった荷風は父の意向でアメリカに外遊し、カラマズー大学の留学や日本大使館の勤務を経て、横浜正金銀行に入行する。ところが、銀行勤めは荷風の性に合わず、ほどなくして退職願を提出。その後、フランスに渡ると、父のコネで再び横浜正金銀行の支店に入行するが、ここでも1年も経たずに辞めている。

留学期間中の荷風の興味は、もっぱら欧米の進んだ文化にあった。文化人との交友を楽しみ、オペラや演奏会に足繁く通う日々。こうした体験は、帰国後に発表した小説集『あめりか物語』や、近代音楽を日本に広めるきっかけとなった『西洋音楽最近の傾向』などの礎となり、結果的に父の思惑と大きく外れることとなった。

お金に困ることがなかったせいだろうか、道楽者の荷風の女性遍歴は、驚くほどに玄人ばかりである。帰国後、荷風は芸者との享楽を謳歌するようになった。1912（大正元）年9月、父の勧めで材木商の娘と結婚したが、この頃は新橋の芸妓・新巴家八重次《しんともえかやえじ》（のちに藤蔭流を創始する日本舞踊家・藤蔭静樹《ふじかげせいじゅ》）に入れあげていた時期だ。結婚後も八重次との関係は続き、なんと翌年に父が急逝すると、荷風は妻と別れて八重次と結婚。身勝手な再婚劇が反感を買い、親族と疎遠になっている。

しかし、お気に入りの芸妓と再婚したものの、わずか1年で八重次とも離婚。荷風が好きだったのは、果たして八重次自身だったのか、それとも芸妓という肩書きだったのか。その真意を知る由もないが、離婚理由は荷風の浮気癖に八重次が愛想を尽かしたからだという。わずか3年で二度の結婚生活を終えた荷風。以後、彼が所帯を持つことはなく、これまで以上に遊郭の女に傾倒していくこととなる。

愛した芸者の名前を腕に刻む

作家としての荷風は、反自然主義を掲げる『三田文学』の編集長であり、耽美派の代表的存在だった。市井の人々の生活を、ときに儚く、ときに美しく描くなかで、彼がその時代に交情を重ねた遊女がモデルとなった作品も散見されている。たとえば、カフェの女給・君江と男たちとの様子を描いた『つゆのあとさき』は、麹町の芸妓・寿々龍と関係を持っていた時代の作品で、小説家の男と娼婦・お雪との恋愛を描いた『濹東綺譚』は、当時入れあげていた玉ノ井の下級娼婦・ゆきがモデルだ。

荷風の遊女に対する執着は、日記『断腸亭日乗』からも窺える。同日記は1917（大正6）年から1959（昭和34）年まで、実に40年以上に渡って綴られたものだが、そのなかの1936（昭和11）年1月30日の日記に「性交した女性リスト」が記載されているのだ。

「つれづれなるあまり余が帰朝以来馴染を重ねたる女を左に列挙すべし。」から始まる女性リストによれば、荷風が関係を持った女性は16人。いずれも娼妓・芸妓・女給という玄人ばかりである。かつての妻である八重次についても記録されており、「明治43年10月から大正4年まで」という関係を持っていた期間のあとに「大正9年頃半年ばかり焼棒杭」との記述がある。どうやら、離婚した5年後に再び関係を持った時期があったようだ。

なお、荷風が最も愛したのは、八重次の前に関係を持っていた富松（吉野こう）だと考えられている。というのも、荷風と富松はお互いの名前の入れ墨を二の腕に刻むほどの仲で、荷風の腕には「こう命」、富松の腕には「荘吉（編集部注：荷風の本名）命」の墨が入っていたというのだ。愛の証として相手の名前を体に刻むことを「起請彫」と呼び、とくに江戸時代の遊女の間で流行していたものだ。富松との起請彫の逸話は『断腸亭日乗』にも記載されていて、富松と別れたあと、荷風は入れ墨の箇所に膏薬を貼って隠していたという。

晩年、荷風は千葉県市川市に移り住んだが、市川から浅草のストリップ劇場に通い詰めるなど、その遊蕩ぶりは生涯変わることはなかった。

創作欲と性欲にあふれたプレイボーイ

伊藤整《いとうせい》

過去の火遊びが原因で暴行を受ける

叙情詩、小説、評論など幅広い創作に打ち込み、晩年は日本文藝家協会理事や日本ペンクラブ副会長などを歴任して日本の文壇を支えた伊藤整。その旺盛な活動に比例するように、女性関係も豊富な人物だった。

1956（昭和31）年、五十路を過ぎた整は自伝小説『若い詩人の肖像』を書き上げている。同作は、彼の20代前半の頃の出来事を回想したものだ。このなかで、彼は恋人・重田根見子と幾度となく情交を重ねているが、屋内だけでなくそば屋の2階や浜辺などでも性交しており、性欲あふれる青年だったようだ。ただし、同作は整の親友・川崎昇をはじめ、多くの人物が実名で登場しているものの、根見子は仮名であり、本名は根上シゲルだ。ま

生没年月日

1905（明治38）年1月16日〜
1969（昭和44）年11月15日

出身地

北海道松前郡

代表作

『雪明りの路』
『小説の方法』
『変容』

プロフィル

詩人としてキャリアをスタートさせたが、梶井基次郎や三好達治らとの親交を深めて小説・評論を執筆するようになる。フランス作家プルーストの影響を受け、人間心理の深層を表現する新心理主義を掲げた。

た、2人の破局はシゲルが別の男性と駆け落ちしたことが理由だが、作中では整の上京で別れたことになっている。このため、根見子との青姦も事実かどうか疑いたくなるが、『伝記伊藤整』の著者である文芸評論家・曾根博義《そねひろよし》によれば、ほぼ事実だという。

シゲルとの破局後、1926（大正15）年に発表した詩集『雪明りの路』が評価された。このとき、複数の文学少女からファンレターが届いたのだが、そのうち何人かと文通を続けて肉体関係を持ったと言われている。何を隠そう、妻の貞子も当時の文通相手の1人だが、貞子との結婚後も整の好色ぶりは変わらなかった。

たとえば、酒場の看板娘と浮気して妻にばれた際には、別れると言いながら10年以上も関係を持ち続けたそうだ。また、親友・川崎昇の妹である愛《ちか》は整を慕う女性詩人であり、整のもとを幾度となく訪れては、親密なボディタッチで貞子を驚かせたという。ほかにも、1935（昭和10）年、整はとある男から暴行を受けたことがあるが、その男は「高山タミの恋人」を名乗っている。タミは、貞子と同時期に文通していた文学少女である。真相は定かではないが、どうやら過去に肉体関係を迫って彼女をひどく傷つけたと見られている。晩年、整は菊池寛賞をはじめ複数の栄誉を授かっているが、若い頃に受けたこの暴行もまた、プレイボーイならではの男の勲章と言えるのかもしれない。

昭和初期の文壇を支えた両性愛者

菊池寛《きくちかん》

愛する男を庇って退学に

文藝春秋社の創業者であり、早逝した2人の友人の名を冠した文芸賞、芥川賞と直木賞を創設したことでも知られる菊池寛。彼が両性愛者だったことは周知の事実だが、同性愛はおもに前半生の青年時代に目立っている。

なかでも有名な逸話は「マント事件」だ。第一高等学校（現・東京大学、千葉大学）在学時代、菊池の親友である佐野文夫は、日本女子大学校の女学生とデートの約束をとりつけた。佐野は一高のシンボルであるマントを着ていきたかったが、自分のマントは質に入れている。そこで、後輩の寮生のマントを無断で拝借することにした。デートから数日後、佐野と菊池は金策のためにこのマントを質に入れたのだが、その夜に菊池は舎監から呼び

生没年月日

1888（明治21）年12月26日〜
1948（昭和23）年3月6日

出身地

香川県香川郡
（現・香川県高松市）

代表作

『父帰る』
『恩讐の彼方に』
『真珠夫人』

プロフィール

京都大学卒業後、新聞記者を経て小説家となり、戯曲『父帰る』や小説『真珠夫人』などの秀作を発表した。実業家としても優れ、文藝春秋社を創業。芥川賞や直木賞などの文芸賞を設立して後進育成に尽力した。

出しを受け、佐野のマントが盗品だったと知る。驚いた菊池は佐野に事情を聞こうとしたが、あいにく佐野は外出中。悩んだ末、菊池は佐野を庇って「自分が盗んだ」と伝え、一高を退学することとなった。

佐野の罪を被った理由は、菊池が佐野に恋愛感情を抱いていたからだ。このことは、彼らの同級生だった長崎太郎のエッセイ『菊池君の退学』にも記されている。

「すべての人が俺を泥棒と呼んでも、俺が泥棒でなかったことを君一人には知っておいて貰いたいのだ。俺が佐野を愛していることは、君の知っている通りだ。（中略）俺は、佐野のために犠牲になった。その事実を君に話しておく。」

菊池寛

一説によれば、菊池と佐野は相思相愛

だったといわれている。しかし、それが事実だったとしても、佐野は女性ともデートしており、菊池との関係を軽視していたのだろう。菊池が罪を被ったことを知った際にも、擁護するどころか「菊池は破廉恥なことをしたので、とうとう退学になった」と周囲に語り、保身に走るような男だった。

別の同級生である成瀬《なるせ》正一《せいいち》（のちのフランス文学者）の当時の日記には「菊池のように自我を抑へて佐野の前に屈服したら面白みもあるまい」と辛辣な評価が綴られていて、菊池の行動はまさしく〝惚れた弱み〟と言えるだろう。

成功後は多数の愛人を囲った

一高を退学した菊池は、その後京都大学を経て、生活のために資産家の娘と結婚。新聞記者と並行して執筆活動を続け、1920（大正9）年に上梓した『真珠夫人』の大ヒットによって人気作家の仲間入りを果たした。さらに1923（大正12）年には、若い作家を育てるために春陽堂から文芸誌『文藝春秋』を創刊。発行部数を伸ばし続け、文藝春秋社として独立するなど、実業家としても成功をおさめている。1935（昭和10）年には、新人作家に与えられる「芥川賞」「直木賞」を設立した。

夏目漱石は菊池のことを「シャーク（サメ）のような顔」と評しており、お世辞にも美男子とはいえない容姿だった。しかし、名声と富を手に入れた途端、菊池のもとには女が集まり始めたというから現金な話である。成功者となった菊池の後半生は異性愛が中心となり、何人もの愛人と関係を持ったそうだ。

そんな愛人の1人として有名なのが、映画評論家「小森のおばちゃま」こと小森和子《こもりかずこ》だ。当時、小森は『婦人公論』編集部の雑用係だったが、小森を気に入った菊池が原稿の受け取り係として指名。ほどなくして愛人関係になると、菊池が運営する『映画時代』編集部に移っている。

ちなみに、小森は若い頃から奔放な性観念の持ち主で、のちに菊池以外にも川口松太郎《かわぐちまつたろう》や檀一雄《だんかずお》の愛人だったことを述懐している。菊池から初めて待合（男女が密会する場所）に誘われたときも、小森は恥じらう素振りを見せることなく服を脱いだそうだ。情緒の欠けた振る舞いに、興を削がれた菊池は「君は本当に悲しい奴だね」とつぶやき、小森との初夜は未遂に終わっている。

文壇の重鎮として君臨し、貧乏文士に金を配るなど豪快なエピソードが多い菊池だが、恋愛に関しては意外とロマンチストだったのかもしれない。

恋人に介錯された憂国の文士

三島由紀夫《みしまゆきお》

生没年月日

1925(大正14)年1月14日～1970(昭和45)年11月25日

出身地

東京府東京市（現・東京都新宿区）

代表作

『潮騒』
『金閣寺』
『鹿鳴館』

プロフィル

10代から類い稀な文才を発揮し、20代にして次々と秀作を発表。晩年は政治的活動が目立つようになり、民間防衛組織「楯の會」を結成。45歳のときに市ヶ谷駐屯地で自衛隊に決起を呼びかけたのち、自決している。

賛否両論となった三島との同性愛小説

1998（平成10）年、元高校教師の小説家・福島次郎《ふくしまじろう》は実名小説『三島由紀夫――剣と寒紅』で、三島由紀夫との赤裸々な同性愛体験を発表した。

私の方から三島さんの体を強く抱きしめ、その首すじに、烈しいキスをしゃぶりつくようにしたのだった。

三島さんは、身悶えし、小さな声で、私の耳元に囁いた。

「ぼく……幸せ……」

同小説を発売した文藝春秋社は「自伝小説」であることを強調し、暗に「ノンフィクションではない」という予防線を張っている。

それでも、一部からは三島の同性愛を知る資料のひとつとして重宝された一方、暴露本のような宣伝手法に批判が集まったほか、福島には「三島の死後に愛人を自称した嘘つき男」といった指摘の声があがるなど、大きな波紋を呼ぶ一冊となった。

市ヶ谷駐屯地に立て籠もった際の三島。

作中に書かれた内容が事実かどうかはさておき、三島の同性愛は通説となっている。ただし、女性とも恋愛経験があり、妻子もいたため、両性愛者という見方が強い。

ご存じの通り、三島の最期は市ヶ谷駐屯地に立て籠もった末の割腹自殺だ。介錯を務めようとした森《も》田《りた》必勝《まさかつ》は、日本刀を三度振り下ろしたものの、三島の首を切断することができなかった……という強烈なエピソードが残されているが、この森田が三島の最後の恋人だったといわれている。三島は45歳、森田は25歳という年の差カップルで、三島の死後、すぐに森田も腹を切ってあとを追っている。

劣等感を打ち消すための肉体改造

三島は幼い頃から神童とも言える少年で、詩歌の完成度があまりにも高く、教師陣は盗作を疑ったほどだった。一方、病弱で顔色が悪かったため、学習院初等科では「アオジロ」とからかわれていた。この頃の体験は、大人になってからも強いコンプレックスとして残っていたようだ。あるとき、三島と親交のあった美輪明宏《みわあきひろ》が、彼の細い体を茶化したことがあった。いつもならば美輪の冗談を笑顔でかわすところだが、このときばかりは怒って帰宅してしまったという。

かねてから気にしていた肉体的劣等感。そんな折、三島の目に留まったのは、週刊誌に載っていたボディビルダーのグラビア写真だった。「誰でもこんな体になれる」というキャッチコピーに惹かれ、早稲田大学バーベルクラブ主将の玉利斉にコーチしてもらいながら30歳から肉体改造に取り組み始めた。以後、トレーニングは生涯続き、剣道やボクシング、居合などの武道にものめり込んでいった。三島は163センチという小柄な体形だが、いつしかその胸囲は1メートルを超えていたという。

また、美輪との豊富なエピソードのなかには、次のようなオカルトめいた話も残されている。1966（昭和41）年に発表した短編小説『英霊の聲』の執筆時、三島は「ペンを持った手が勝手に動き出す」という不思議な体験をした。完成した原稿を読み返したところ、文章に不満な箇所が散見された。だが、いくら修正しようと思っても、手が動かなかったため、そのまま原稿を上梓したというのだ。

同作は、二・二六事件で処刑された青年将校・磯部浅一《いそべあさいち》の手記などに影響を受けて執筆されたものだ。数年後、たまたま美輪から「憲兵らしき人が見える」と告げられ、三島は当時の体験を思い出した。そして、磯部の名前を挙げると、美輪がその人だと頷き、三島は血の気を失ったという。

なお、『英霊の聲』を執筆するよりも前の1959（昭和34）年、三島は澁澤龍彦や奥野《おくの》健男《たけお》（文芸評論家）らと「こっくりさん」に興じたことがあった。このとき、急に三島が「二・二六事件の磯部の霊が邪魔をしている」と語り、周囲を驚かせたこともあったそうだ。

若い男に手を出し続けた同性愛者

折口信夫《おりくちしのぶ》

書生に夜の世話まで求めて出奔される

歌人・釈迢空《しゃくちょうくう》として歌誌『アララギ』や『日光』の編集に携わった一方、民俗学者・国文学者としても多大な貢献を果たした折口信夫。彼は同性愛者として知られ、1914（大正3）年、無名の青年時代に日刊新聞『不二』で連載していた『口ぶえ』は、男子中学生同士の同性愛を描いた作品であり、自伝的小説との見方もある。

歌人・学者として大成してからも、複数の書生と肉体関係を持ったといわれ、交流の深かった民俗学者・柳田國男《やなぎだくにお》からしばしば苦言を呈されることがあったようだ。国文学者・加藤守雄《かとうもりお》も折口に迫られた書生の1人で、加藤の著書『わが師折口信夫』（文藝春秋／朝日文庫）に詳しい様子が綴られている。

生没年月日

1887（明治20）年2月11日～
1953（昭和28）年9月3日

出身地

大阪府西成郡
（現・大阪府大阪市）

代表作

『海やまのあひだ』
『古代感愛集』
『死者の書』

プロフィル

國學院大学在学中、正岡子規の根岸短歌会に参加したことがきっかけで、歌人・釈迢空として作歌や選歌に励む。また、柳田國男に師事し、柳田とともに民俗学の基礎を築くなど、民俗学者としての功績も大きい。

それは、加藤が30歳のときのこと。当時、加藤は折口の高弟として身の回りの世話をしていたが、ある晩、寝床に入ってきた折口にのしかかられ、強引に唇を奪われてしまう。予想外の出来事に、加藤は叫び声をあげて飛び起きた。しかしこの日は、それ以上の行為を求められることはなかったという。

だが、次の日から毎晩のように、折口が寝床に現れるようになった。布団越しに加藤を抱きしめ、耳元で「森蘭丸は織田信長に愛されたということで、歴史に名が残った。君だって、折口信夫に愛された男として、名が残ればいいではないか」との口説き文句を囁いたという。しかし、尊敬する師の世話をしているとは言え、性の面倒まで見るつもりはない。ほどなくして加藤は置き手紙を残し、故郷・愛知へと逃げ帰ってしまった。かくして2人が結ばれることはなかったが、加藤自身の暴露によって、結果的に彼は「折口信夫に愛された男」として名が残ることとなった。

なお、「同性愛は変態」という当時の風潮に対し、折口は「同性愛は男女の間の愛情よりも純粋だと思う。変態と考えるのは常識論にすぎない」との見解を示している。加藤に迫った際の言動が純粋といえるかどうかはさておき、還暦に届こうかという年齢になっても、恋愛においては情熱的な行動力の持ち主だったようだ。

「文壇一の借金王」と呼ばれた浪費家

直木三十五《なおきさんじゅうご》

死後に発覚した借金は約3000万円

1934（昭和9）年、43歳の若さでこの世を去った直木三十五。死後、友人の菊池寛が彼の借金を調べたところ、総額は約1万5000円だったという。現在の価値に換算すると3000万円前後であり、当時の新聞には「文壇一の借金王」の文字が躍った。直木が残した借金の内訳は、晩年に建てた家の残債が約4000円、百貨店や料理屋のツケが約3000円、そして趣味であった名刀集めに至っては8000円だったそうだ。

直木の浪費癖は、長い貧乏生活の反動だったと考えられている。親は小さな古物商を営んでおり、生家は二畳の玄関と二畳半の奥座敷のみ。直木曰く、幼い頃は「玩具を持った記憶もなく、間食をした記憶もない」とのことで、生きていくための最低限の暮らしが精

生没年月日

1891（明治24）年2月12日〜
1934（昭和9）年2月24日

出身地

大阪府大阪市

代表作

『合戦』
『南国太平記』
『楠木正成』

プロフィル

大阪の古物商の家に生まれる。文芸誌での評論や雑文、映画事業などに携わったのち、41歳で発表した『南国太平記』がヒットする。死後、菊池寛によって大衆小説の文学賞「直木三十五賞」が創設された。

一杯だったようだ。

1912（大正元）年、直木は21歳のときに6歳上の須磨子（寿満）と結婚している。須磨子は大阪時代の知人で、家族との折り合いが悪く家を出て、直木の下宿先に身を寄せたのちに結ばれた。彼女と暮らすため、直木は学資を生活費に回し、退学を余儀なくされたほどだ。さぞや妻を大切にしていたのかと思いきや、どうも彼には甲斐性というものが欠如していたようだ。手に入った金銭は遊興費に費やされ、家計に回す優先順位が低い。下戸のくせに水茶屋にも足繁く通い、さしてなじみでもない芸者にも気前よくチップを渡してしまう。

彼は随筆『哲学乱酔』で「金まうけといふ事は、結局愛する女へやる事だよ。これ以外に最善の貨幣使途は無い」と綴っているが、果たして彼の言う「愛する女」とは、妻ではなく芸者や愛人のこ

直木三十五

とだったのだろうか。しかも「金儲け」とはいうが、彼の場合は自分で稼いだ金だけでなく、借金も財産と考えている節がある。人間社の経営を引き受けた1921（大正10）年頃には高利貸から金を借りられるようになり、『貧乏一期、二期、三期　わが落魄の記』によれば「高利貸なんて、便利なもの」と気軽に利用し、借金取りに対しても悪びれる様子すら見せなかったのだからタチが悪い。

僕は決して、避けない。逢ふて、今無いよ、困りますねえ、差押へでもし給へ。それだから、貴下は困る。せめて利子だけでも――と、三人の高利貸が、競売にすると損だから、利子をとる事ばかりにかゝり出した。かうなると、こつちの方が強い。

映画事業に乗り出すも大赤字

また、直木は映画製作にのめり込んだことがあるが、その資金も自分のものではない。一時期、彼は「日本映画の父」と称される映画監督・マキノ省三《しょうぞう》の家に居候しており、その省三から資金を引き出し、1925（大正14）年に映画会社・聯合映畫藝術家協會を設立している。しかし、ヒットしたのは話題を集めた1作目のみだった。その後、3年間で製作した約20本の作品はことごとく赤字となり、直木は「キネマ界児戯に類す」という悪態を残して映画事業から撤退している。その上、俳優の月形龍之介《つきがたりゅうのすけ》が女優のマキノ輝子《てるこ》と不倫・駆け落ちした際には、なぜか2人の関係を後押し。輝子は省三の四女であり、これが省三の逆鱗に触れて縁を切られている。

ちなみに、直木が映画製作に興味を持ったきっかけは、自身の時代小説『心中きらゝ坂』が省三の目に留まって映画化されたことだった。直木は同作を「香西織恵」名義で発表しているが、この名義は当時の直木の愛人だった芸者の名前である。

その後、執筆活動に専念した直木は、1929（昭和4）年の『由比根元大殺紀』で大衆作家の仲間入りを果たし、『黄門廻国記』や『南国太平記』などの人気作を次々と発表。四十路を過ぎてようやく売れっ子作家と呼べるまでになったが、稼ぎと比例するように浪費や借金も増えていき、20年連れ添った妻とも別居してしまう。

離婚後の1933（昭和8）年12月に念願の新居を構えたが、ほとんどの時間を文藝春秋社倶楽部で過ごしたのち、翌2月に結核性脳膜炎でこの世を去ることとなった。

バンカラ学生が脱童貞で遊郭狂いに！

梶《かじ》井《い》基《もと》次《じ》郎《ろう》

生没年月日

1901（明治34）年2月17日～1932（昭和7）年3月24日

出身地

大阪府大阪市

代表作

『檸檬』
『冬の日』
『櫻の樹の下には』

プロフィル

エンジニアを目指して三高理科に入学するが、文学に惹かれて創作活動を開始。19歳のときに患った肺結核と戦いながら同人誌に作品を発表し続けるも、31歳で死去。死後、作品が高く評価されることとなった。

周囲を呆れさせた酒癖の悪さ

『檸檬』や『櫻の樹の下には』などの短編に代表される、繊細かつ美しい文章が魅力の梶井基次郎。19歳で肺結核を患い、闘病生活のなかで創作を続け、わずか31歳でこの世を去った……と聞くと、ついつい儚げな人物像を想像したくなるが、学生時代の梶井は破天荒なエピソードに事欠かない。

第三高等学校（現・京都大学）に入学した梶井は、破れた学帽を被り、擦り切れた学生服やマントに身を包み、高下駄を鳴らすといった典型的なバンカラスタイルだった。酒癖も悪く、中華そば屋の屋台をひっくり返す、池に飛び込んで鯉を追いかける、喧嘩してビール瓶で殴られるなど、奇行・乱行を挙げればきりがない。

女性との初体験も酒に酔った勢いだった。それは1921（大正10）年のとある秋の夜ことだ。三高の親友・中谷孝雄《なかたにたかお》らといつものように酒を飲んでいたのだが、泥酔した梶井は突然「童貞を捨てさせろ！」と叫び出したという。しまいには道に寝転んで駄々をこねはじめたため、仕方なく中谷たちは祇園の遊郭に連れて行った。

梶井はこの初体験をひどく後悔したようで、翌日の日記にこう綴っている。

昨日は酒をのんだ。そしてソドムの徒となつた。

ソドムとは、旧約聖書に登場する町の名前だ。性の乱れなどの不道徳な行為を繰り返す住民が暮らしていたため、ソドムは神に滅ぼされるという末路を迎えている。つまり、梶井はそれほど背徳的な行為だと感じていたのだ。

しかし、この自戒がどこまで本心だったのかは不明である。というのも、その後の梶井は遊郭にはまり、借金してまで通い詰めていたからだ。挙げ句の果てには、家賃が払えなくなって下宿先を逃げ出し、友人の下宿を転々とする始末。周囲には「純粋なものが分からなくなった」「堕落した」などと零していたそうだが、親友である中谷も半ば呆れて「彼の言葉には取り合わなかった」と述懐している。ちなみに、初体験を終えた翌朝の会計時、梶井は手持ちが足りずに懐中時計を質に入れたそうだ。こうした情けなさも相まって、彼にとっての初体験は苦い思い出として残ったのかもしれない。

人妻に恋をして夫を挑発!

梶井は遊女との関係こそ多かったものの、恋愛経験はきわめて少なかった。伊藤整は梶井の顔を「岩のように大きく荒々しい」と表現しており、決して美男子と言える容姿ではなかった。そんな彼との関係が噂されたのは、女性作家の宇野千代《うのちよ》だ。

千代との出会いは川端康成《かわばたやすなり》がきっかけだった。梶井は川端の『伊豆の踊子』を校正するなど親交を深めていて、その川端から静養先として勧められた伊豆・湯ヶ島で千代と知り合った。その後、句会などを通じて交流を深めるうちに、千代に淡い恋心を抱くようになる。しかし、当時の千代は小説家・尾崎士郎《おざきしろう》の妻であり、周囲の文士は千代と梶井の関係をおもしろおかしく邪推した。

結論から言えば、梶井の恋が成就することはなかった。千代は恋多き女として知られているが、その相手はいずれも美男子である。後年、インタビューで梶井との関係を尋ねられた際にも、「肉体関係はなかった」と明言しており、残念ながら梶井の容姿が千代の琴線に触れることはなかったようだ。

とはいえ、尾崎からすれば、自分の妻が若い小説家と噂される状況はおもしろくない。梶井と尾崎が互いに負の感情を抱くなか、とあるダンス・パーティーで顔を合わせた2人は、一触即発の状態に陥ったことがあった。当初、ダンスが苦手な2人は、踊らずにウイスキーを飲み続けていたそうだ。しかし、酒癖の悪い梶井が恋敵を前にして何もしないわけがない。尾崎に向かって悪態をつきはじめると、怒った尾崎は火のついた煙草を梶井の顔に投げつけたのだ。殴り合いに発展する寸前で周囲が止めに入ったが、興奮から病状を悪化させたのだろうか、その夜、梶井は一晩中喀血が続いたという。

なお、喀血といえば、梶井には次のようなエピソードもある。友人の三好達治《みよしたつじ》と隣同士で下宿していたとき、部屋に呼ばれた三好は、梶井に「葡萄酒を見せてやろうか。美しいだろう」とガラスのコップに入った赤い液体を見せられた。三好は、電灯の明かりに透けたそれを眺めながら、たしかに美しいと感嘆したそうだが、この液体は直前に吐かれた梶井の喀血だったのだ。趣味の悪い冗談ではあるが、死に至る病すらも笑いの種に変える。そんなユーモアを持ち合わせた男だった。

「あさましく無残」と評した恋愛観

樋口一葉《ひぐちいちよう》

生没年月日

1872(明治5)年5月2日〜
1896(明治29)年11月23日

出身地

東京府内幸町
(現・東京都千代田区)

代表作

『大つごもり』
『たけくらべ』
『にごりえ』

プロフィル

下級役人の家に生まれる。長兄と父を早くに亡くし、家計を支えるために作家を志す。当初は古風な美文小説だったが『大つごもり』で才能が開花。『たけくらべ』などの名作を次々と発表するも24歳で死去した。

淡い恋心を封印して創作に打ち込む

近代日本における最初の女性職業作家・樋口一葉。1889(明治22)年、父が多額の借金を残して亡くなったため、17歳にして家計を背負う立場となった。当時、萩の舎という女塾で和歌や文学を学んでいた彼女は、姉弟子が発表した小説の原稿料が高額だった事実を知り、自身も小説で収入を得ようと考える。しかし、そう簡単に生計を立てられるほど、小説家の世界は甘くない。そんな折に出会い、師事することになった男が、東京朝日新聞で専属作家をしていた半井桃水《なからいとうすい》だった。

当時の彼女の日記を要約すると、半井の第一印象は「色白で、おだやかな笑みは3歳児になつかれそう」とある。一目惚れしたと判断するのは早計だが、少なからず好印象を抱いていたようだ。かくして一葉は半井の居宅に通うことになるが、彼に会う目的は筆力の向上だけではなかっただろう。しかし、そんな2人を好奇の目で見るものたちもいた。というのも、半井は若くして妻に先立たれていたからだ。30代前半の男やもめの家に、足繁く通う若い娘の姿。いつしか半井と一葉は「師弟を超えた関係」と噂されるようになった。

悩んだ末、一葉が選んだのは半井との絶縁だった。恋愛よりも作家として大成することを望んだのだ。しかし、その後も彼女の作品はなかなか評価されることなく、苦しい生活が続いた。借金を頼んだ相手に、その条件として妾になることを要求されたのも一度や二度ではない。こうした体験から、一葉は次のような恋愛観を持つに至った。

戀とは尊くあさましく無ざんなるものなり

この一文は、1893（明治26）年5月19日の日記のものだ。21歳で恋愛に期待することをやめ、達観した彼女は創作活動に没頭。翌年末に発表した『大つごもり』を皮切りに、「奇跡の14ヵ月」と呼ばれる期間で次々と秀作を生み出していった。

湯浅芳子との濃密な同居生活

宮本百合子《みやもとゆりこ》

エリート女性同士が惹かれあう

父は東大卒の建築家、母は啓蒙思想家の長女という名家に生まれた宮本百合子。英才教育を受けて育った百合子は、1916（大正5）年、中編小説『貧しき人々の群』を発表し、当時17歳だったことから天才少女として注目された。

1918（大正7）年、父とともにアメリカに留学すると、現地で知り合った15歳年上の言語学者・荒木茂《あらきしげる》と結婚。しかし、年の差以上に生活面における齟齬が多く、1924（大正13）年に離婚している。離婚後、かねてから交友のあったロシア文学者の湯浅芳子《ゆあさよしこ》と共同生活を送るが、実は芳子は同性愛者であり、百合子とも夫婦のような関係だった。荒木との離婚や芳子との共同生活は『伸子』『二つの庭』『道標』に詳しく描かれている。

生没年月日

1899（明治32）年2月13日～1951（昭和26）年1月21日

出身地

東京府東京市小石川区（現・東京都文京区）

代表作

『伸子』
『播州平野』
『道標』

プロフィル

名家に育ち、17歳で中編小説『貧しき人々の群』を発表。自身の破綻した結婚生活を綴った『伸子』が高く評価されたほか、プロレタリア作家として活躍。ソ連（現ロシア）外遊を機に共産主義に傾倒し、何度も検挙された。

彼女は素子の傍にいると、拠りどころのあるような居心地よさ、落ち着き、悪い意味の女らしさから来る窮屈を脱したいい心持がするのであった。これは伸子に全然新しい感情であった。

素子が帰る時、伸子は成ろうことなら一緒に行きたいくらいであった。彼女はそれを、佃に対して自分がちゃんと立場も明かにしていないのを考えて堪えた。

「彼女」や「伸子」は百合子がモデルの主人公で、素子は芳子のことだ。これらの引用文は、まだ夫（佃／荒木がモデル）と別れる前の伸子の心情だが、異性愛者だったはずの百合子が、すでに芳子に対して友情とは異なる特別な感情を抱いていたことが窺える。

1927（昭和2）年、2人はソ連を外遊し、そこで百合子は共産主義に傾倒していった。帰国後、日本共産党に入党すると、党員で文芸評論家の宮本顕治《みやもとけんじ》と結婚し、芳子との関係に終止符を打っている。なお、芳子と交流のあった瀬戸内寂聴《せとうちじゃくちょう》は「湯浅さんは数々の女性遍歴があるが、その中で誰よりも愛したのが宮本百合子」と語っているほか、2011年には2人の恋愛を描いた映画『百合子、ダスヴィダーニヤ』も公開されている。

海外の文豪のすごい性癖

少女と結婚するために虚偽報告

推理小説やゴシック小説で知られるエドガー・アラン・ポー（1809～1849年／アメリカ）は、26歳の時に13歳の従妹ヴァージニアと結婚している。叔母のマライアは反対していたそうだが、しつこく説得を続けた末の勝利だった。なお、ヴァージニアはまだ結婚不可能な年齢だったため、ポーは結婚誓約書に記載する彼女の年齢を「21歳」と偽って報告したそうだ。なお、ポーはストレスから酒に逃げる傾向があった。33歳の時にヴァージニアと死別した際にも酒に溺れている。のちに別の女性と再婚するのだが、このときの再婚の条件は「ポーが酒を断つこと」だったという。

年の差恋愛ならば、詩人のゲーテ（1749～1832年／ドイツ）はさらに過激だ。彼は1821年、70歳を超えた時、ウルリーケという17歳の少女に激しい恋心を抱いた。2年後、意を決してプロポーズをするも、結果はNG。ゲーテにとって最後の恋であり、この失恋から『マリーエンバート悲歌』などの詩が生まれたという。

一方、浪費癖を持った海外文豪も数多くいるが、『カラマーゾフの兄弟』や『罪と罰』などで知られるドストエフスキー（1821～1881年／ロシア）もその1人。40代の時、ビギナーズラックで大金を手にしたことがきっかけでギャンブル狂になった。負け続けて借金生活に陥り、返済のために過剰なまでに仕事を入れたという。『罪と罰』が発表されたのもこの頃で、多忙のあまり自身で執筆できず、口述筆記で完成させたそうだ。

第2章

文豪の色情

エリート文士が囲い続けた別居の愛妾

森鷗外《もりおうがい》

生没年月日
1862(文久2)年2月17日〜
1922(大正11)年7月9日

出身地
石見国津和野町
(現・島根県鹿足郡)

代表作
『舞姫』
『ヰタ・セクスアリス』
『高瀬舟』

プロフィール
東京医学校(現・東京大学医学部)卒業後、陸軍の軍医となる。22歳でドイツに留学し、帰国後に『舞姫』をはじめとするドイツ三部作を発表。その後も、軍医を続けながら数々の秀作を生み出し続けた。

昭和中期に再発見された妾の存在

小説家、評論家、翻訳家として数々の書籍を世に発表しつつ、軍医としては最高位の陸軍軍医総監・医務局長にまで上り詰めた二刀流の天才・森鷗外。

初期の代表作である『舞姫』は、自身のドイツ留学がモデルとなっている。日本人の主人公が留学先のドイツで踊り子のエリスと恋に落ち、自らの子を身籠もったことを知りながらも、迷った末に仕事を選び、彼女を捨てて帰国する――。

当時としては衝撃的な内容であり、賛否両論が入り乱れる話題作となった。なお、後年に発表された短編『普請中』では、このエリスらしき女性が日本を訪ねてくる物語が綴られている。当初はフィクションだと考えられていたが、のちに鷗外の姪孫(妹の孫)でSF

作家の星新一《ほししんいち》の随筆によって、一部事実であることが発覚している。鷗外の帰国から数日後、エリーゼというドイツ女性が鷗外を追いかけて来日したのだが、彼女は鷗外が留学中に関係を持った〝現地恋人〟だったという。残念ながら、エリーゼは鷗外の友人に説得されて帰国しており、当の本人はと言うと、帰国から半年後1889（明治22）年に海軍中将の長女・登志子と結婚している。ところが、深夜まで勉強する鷗外の生活リズムが合わず、わずか1年半で離婚。その後、長らく独身を続けたのち、1902（明治35）年、40歳の時に大審院判事の長女・志げと再婚している。

この間、彼は禁欲的に公務や創作活動に打ち込んだのかと思いきや、決してそうではないようだ。というのも、どうやら鷗外には初婚の頃から関係を持ち続けている妾がいたからだ。1898（明治31）年7月、日刊新聞『萬朝報』に掲載されたゴシップ記事を要約すると「森鷗外は児玉せき（32）という妾を18～19歳の頃から寵愛し、かつて子までもうけた妻（登志子）と別れて本妻にしようとしていた」というのだ。せきとの入籍は母に反対されて実現には至らなかったものの、外妾として森家の近所で別居生活を送っていたそうだ。同記事は長い間忘れ去られていたが、1954（昭和29）年、鷗外と登志子の長男・於菟《おと》が『週刊文春』で記事にし、広く知られるようになった。

恨みを買って怪文書が出回った詩歌壇の寵児

与謝野鉄幹《よさのてっかん》

生没年月日

1873(明治6)年2月26日～1935(昭和10)年3月26日

出身地

京都府岡崎村(現・京都府京都市)

代表作

『亡国の音』
『東西南北』
『天地玄黄』

プロフィル

浪漫派歌人の代表的人物。21歳で発表した『亡国の音』で伝統和歌を否定し、短歌革新運動の主唱者となる。『明星』に寄稿していた無名歌人・晶子を見出し、晶子の代表作『みだれ髪』を企画したことでも知られる。

女生徒に手を出して教師を辞める

現代では「与謝野晶子《よさのあきこ》の夫」というイメージの強い与謝野鉄幹だが、歌人として後進に与えた影響は無視できない。明治中期、女性的な「たをやめぶり」を否定し、男性的な「ますらをぶり」を提唱した彼は、『東西南北』や『天地玄黄』といった質実剛健な歌風を示していた。伝統和歌の革新を目指して1899(明治32)年に詩歌結社・東京新詩社を起ち上げると、翌年には『明星』を創刊。高村光太郎《たかむらこうたろう》、北原白秋《きたはらはくしゅう》、石川啄木などの俊英を集め、詩歌壇において浪漫主義の中心となった。

しかし、私生活における鉄幹は益荒男とは言いがたい。むしろ好色漢ともいえる前半生を過ごし、晶子と結ばれるまでは倫理に反する恋愛が目立っている。

青年時代、山口県で国語教師を務めていた鉄幹は、女生徒に手を出して退職している。女生徒は浅田信子という資産家の娘で、退職後も信子との関係を続け、駆け落ち同然で上京したようだ。籍は入れなかったものの一女をもうけたが、浅田家は2人の仲を決して認めなかった。長女が生後間もなく早逝したことをきっかけに、浅田家は信子に別れることを勧め、同意した信子は帰郷している。

与謝野鉄幹

失意の鉄幹が向かった先は、同じくかつての教え子だった林滝野である。情熱的に滝野を口説くと、すぐさま結婚。2人の結婚は1899（明治32）年秋頃のことだったが、鉄幹はこの直後に東京新詩社を結成し、『明星』を創刊している。同誌の発行人には滝野の名が記載されており、どうやら資産の出所は林家だったとの見方がある。浅田家と同じく、林家も資産家であり、そう考えると、鉄幹の移り身は恋心よりも打算が勝っていたような気がしてならない。

ともあれ、『明星』の刊行に漕ぎ着けた鉄幹だったが、ここで出会ったのが当時無名だった女性歌人・晶子だったのだ。

晶子との不倫と文壇照魔鏡事件

鉄幹と晶子の出会いは、1900(明治33)年の夏だった。当時、すでに晶子は『明星』に寄稿していたが、初対面は大阪で講演を行った際、友人・河野鉄南《こうのてつなん》(歌人)を介してである。晶子の才能に気づいた鉄幹と、短歌革新運動の主唱者・鉄幹に共鳴した晶子。その後、ご存じの通り急速に仲を深めた2人は、不倫愛を経て結ばれることとなる。

なお、鉄幹は晶子とともに出会った歌人・山川登美子《やまかわとみこ》に対しても憎からず思っていたといわれている。登美子もまた鉄幹に憧れていたようで、鉄幹、晶子、登美子は幾度となく3人で交流を重ね、ときには同じ宿に泊まるなど、軽率な行動をとっていた。だが、1901(明治34)年、登美子は親の決めた相手と望まぬ結婚を果たし、鉄幹は晶子を選択することとなった。晶子は鉄幹に対する愛を多くの短歌に込めて発表したほか、鉄幹にも情熱的な手紙も送り続けた。通じ合う2人を見て滝野は離婚を決意したが、林家は鉄幹の不義理を激しく非難したそうだ。
こうした鉄幹の行動を憎む者は少なくなかった。その最たる例ともいえるのが「文壇照魔鏡事件」である。1901（明治34）年、怪文書『文壇照魔鏡』が発行されたのだが、これは鉄幹を誹謗する内容が綴られていた。

「鉄幹は妻を売れり」「鉄幹は処女を狂せしめたり」「鉄幹は強姦を働けり」「鉄幹は少女を強盗放火の大罪を犯せり」「鉄幹は詩を売りて詐欺を働けり」「去れ悪魔鉄幹！速に自殺を遂げて、汝の末路だけでも潔くせよ」……。

ほとんどが事実無根だったが、架空の著者、架空の発行所から出された同書の奥付には、大きな文字で「転載を許す」と記されている。現代のネット文化でいうところの「拡散希望」であり、詩歌壇を揺るがす大騒動となった。
著者不詳だが、その文章力は明らかにプロとわかるものだった。一説によれば、著者はかつて登美子に恋心に抱いていた歌人・高《たか》須《す》梅渓《ばいけい》と推察されている。鉄幹もそう睨み、高須を訴えているが、証拠不十分として敗訴している。

不倫に手を染めてスランプから脱却

志賀直哉《しがなおや》

生没年月日

1883（明治16）年2月20日～1971（昭和46）年10月21日

出身地

宮城県牡鹿郡（現・宮城県石巻市）

代表作

『大津順吉』
『和解』
『暗夜行路』

プロフィール

27歳の時に武者小路実篤らと『白樺』を創刊。個性主義や理想主義の作品の潮流を生んだ。断続的な休筆をはさみつつも、『和解』『暗夜行路』など優れた作品を多く発表し、リアリズム文学の代表作家となった。

小説の神様と称されたリアリズム作家

大正時代、停滞期に入った自然主義に代わり、自己を主張する作風で文壇に台頭した白樺派。志賀直哉は、武者小路実篤《むしゃのこうじさねあつ》ら学習院高等科時代の友人と文芸誌『白樺』を創刊し、リアリズム文学を樹立した中心人物である。

一切の無駄がなく、高度な客観性で綴られた志賀の文章は、リアリズム文学の最高峰との呼び声が高い。当時の文豪からも「最も純粋な小説」（芥川龍之介《あくたがわりゅうのすけ》）や「現在の文壇では最も傑出した作家の一人」（菊池寛）などと評され、代表作のひとつである『小僧の神様』になぞらえて「小説の神様」とも称される。

白樺派の主要メンバーは、その多くが学習院出身の上流階級だ。志賀も実業家の父を持ち、裕福な家庭に育った。青年時代、志賀家に仕える女中と恋に落ちて結婚を考えたことがあるが、父から猛反対を受けて断念。のちに、この体験から着想を得て、女中との結婚問題を描いた『大津順吉』が生まれている。

1914（大正3）年、志賀は親友・実篤の従妹である康子と結婚した。しかし、康子に離婚歴があったことから、ここでも父は難色を示した。かねてから志賀と父は折り合いが悪く、その要因のひとつは「足尾銅山鉱毒事件」を巡る見解の相違だった。志賀の祖父は足尾銅山を共同経営していた過去があったことから、父は銅山側を全面的に支持していた。そんな父と若い頃から同事件について口論を繰り返していた志賀は、この結婚を機に離籍している。

なお、のちに父との不和は解消されるが、その一連の経緯は1917（大正6）年には上梓した『和解』に綴られて

志賀直哉

いる。以後、『小僧の神様』『焚火』『暗夜行路』といった秀作を次々と発表し、充実した作家生活を過ごした。

不倫体験を綴って妻を激怒させる

精力的に活動していた志賀だったが、1922（大正11）年頃にスランプに陥ってしまう。気分を一新するべく、翌年に千葉の我孫子から京都へと移住。しかし、住処を変えただけで創作意欲が戻るほど、単純な話ではない。さらなる刺激を求めた結果、彼は不倫に手を出すこととなった。志賀が関係を持ったのは、祇園・花見小路の茶屋で仲居をしていた若い女だ。この愛人との関係は、のちに発表する「山科もの四部作（『瑣事』『山科の記憶』『痴情』『晩秋』）」に綴られている。

女には彼の妻では疾の昔失われた新鮮な果物の味があつた。（中略）所謂放蕩を超え、絶えず惹かれている以上、彼はなおかつ恋愛と思ふより仕方なかつた。（『痴情』）

すでに四十路を過ぎていた志賀に恋心を抱かせたようだ。志賀の不貞を知った妻・康子は激怒し、愛人に手切れ金を渡して別れさせている。また、再び関係を持たぬよう、志賀は奈良県への移住を余儀なくされている。しかし、奈良に移ったあとも妻の目を盗んでは祇園に通っていた。この秘密の逢瀬を綴った作品が山科もの第一作目の『瑣事』である。当然、康子の知るところとなり、再び志賀は大目玉を喰らうこととなる。

彼は妻を愛した。他の女を愛し始めても、妻に対する愛情は変らなかつた。然し妻以外の女を愛するといふ事は彼では甚だ稀有なことであつた。そしてこの稀有だといふことが強い魅力となつて、彼を惹きつけた。その事が自身の停滞した生活気分に何か溌溂とした生気を与へて呉れるだろうといふようなことが思はれるのだ。功利的な考えではあるが、一途に悪くは解されない気がした。（『山科の記憶』）

リアリズム作家である彼は、その胸中を偽ることなく綴っている。これを美徳と見るか、ただの馬鹿正直と見るかは判断の分かれるところだろうが、いずれにしても、この不倫体験によって志賀はスランプを脱したのである。

20歳以上も年下の愛人に翻弄された作家

徳田秋声《とくだしゅうせい》

生没年月日

1872(明治4)年2月1日〜1943(昭和18)年11月18日

出身地

石川県金沢市（現・石川県金沢市）

代表作

『黴』

『あらくれ』

『仮装人物』

プロフィール

尾崎紅葉に師事したが、紅葉の死後に自然主義に転向。中編『新所帯』や短編集『出産』の発表後、私小説『黴』で自然主義作家の地位を確立。遺作『縮図』は戦時下の情報局から何度も干渉されて未完に終わった。

愛妻を失った直後に現れた悪女「山田順子」

「生まれながらの自然派」と称された徳田秋声だが、もともとは擬古典主義である尾崎紅葉《おざきこうよう》の門下だった。紅葉の死後、下火になりつつあった硯友社に見切りをつけて、自然主義文学に転向。同門の泉鏡花《いずみきょうか》に激しく糾弾され、犬猿の仲となっている。

秋声が硯友社を去ったのは31歳、1903（明治36）年のことで、同年には小沢はまとの間に第一子が生まれている。はまは秋声が雇っていた女中・小沢ちぬの娘だ。母とともに秋声の家に出入りするようになると、男女の仲となり事実上の妻となった（入籍したのは第一子誕生の1年後）。

秋声文学の特徴のひとつとして「倒叙」が挙げられる。倒叙とは、時間の流れを遡って叙述する文章形式で、しばしば推理小説で使用される。秋声は自身の自然主義文学に倒叙を用い、彼が初めて本格的に倒叙を用いた作品とされるのは、１９１０（明治43）年に発表した『足迹』である。同作は、田舎から上京した娘の紆余曲折を描いた作品で、妻はまの前半生がモデルとなっている。

はまは秋声との間に四男三女をもうけ、夫婦仲も良好だったようだ。しかし、１９２６（大正15）年1月、46歳だったはまが脳溢血で急死すると、訃報を知った新人作家・山《やま》田《だ》順子《ゆきこ》が彼のもとを訪れ、ほどなくして2人は愛人関係になった。

徳田秋声

順子にほだされて「順子もの」を次々と発表

順子との出会いは、妻の急死から遡ること2年前、１９２４（大正13）年のことだった。当時、秋声は女性誌『婦人之友』の選者を担当しており、作家志望の順子は自身の原稿の出版先を求めていた。結局、このときは刊行に至らず、順子は帰省したが、あきらめきれない彼女は聚芳閣の社長・足立欽一に接触。足立の愛人となって『流るるままに』を上梓し、秋声には同作の序文を頂戴している。

順子には、多額の借金を抱えた夫との離婚歴があった。このため、デビュー作を発表した際も、作品の評価よりも「夫と子供を捨てて我を通した女」と彼女自身を非難する記事が目立ったという。しかし、山田順子という女性は、どうにも擁護しづらい人物である。足立の尽力で刊行に漕ぎ着けたにも関わらず、『流るるままに』の装幀を担当した竹久夢二《たけひさゆめじ》と同棲するなど、典型的な悪女だった。

そんな彼女が、妻を亡くしたばかりの秋声を訪れたのだ。「傷心の男性を支えた」というよりも「弱みにつけ込んで取り入った」と見られても仕方あるまい。秋声も、20歳以上も年の離れた娘にすっかり惚れ込んでしまい、「順子もの」と呼ばれる痴情に満ちた短編群を矢継ぎ早に発表。世間からは好奇と冷ややかな視線が送られた。

しかし、順子にとっては秋声も数ある男の1人に過ぎなかった。医師や学生と浮気した末、文藝評論家・勝本清一郎《かつもとせいいちろう》の愛人となる。のちに勝本は「秋声から順子を押しつけられた」と筋違いな批判をしているが、彼もまた悪女に翻弄された男の1人といえよう。
さて、順子と破局した秋声だったが、一時期は結婚も考えるほどに真剣に愛していたようだ。悪女と知りながらも縁を切れない複雑な胸中は、1938（昭和13）年に書き終えた私小説『仮想人物』からも窺える。

一度かかった係蹄《わな》から脱けるのは、彼にとってはとても困難であった。（中略）嫉妬は第三者が現われたときに限るのではなかった。葉子のような天性の嬌態をもった女の周囲には、無数の無形の恋愛幻影が想像されもするが――それよりも彼女自身のうちに、恋愛の卵巣が無数に蔓っているのであった。

「彼」は秋声のことで「葉子」は順子のことだ。「順子もの」の集大成ともいえる『仮装人物』は後期の代表作となり、第1回菊池寛賞も受賞している。
なお、同作を執筆した頃には、すでに待合の女将・柘植そよという新たな愛人を囲っていた。ほかにも白山の芸者・小林政子を晩年までの愛人とするなど、妻亡きあとの秋声は、奔放な女性関係を楽しんでいたようだ。

火遊びのつもりがストーカーに⁉

広津和郎《ひろつかずお》

生没年月日

1891(明治24)年12月5日〜
1968(昭和43)年9月21日

出身地

東京府東京市
(現・東京都新宿区)

代表作

『死児を抱いて』
『風雨強かるべし』
『松川事件と裁判』

プロフィル

早稲田大学在学中、同人『奇蹟』の創刊に関わり、継承した自然主義から私小説の定着に寄与した。晩年は松川事件に興味を持ち、複数の関連本を発表したほか、松川事件対策協議会の会長に就いている。

モテモテだった前半生

広津和郎の父は作家・広津柳浪《ひろつりゅうろう》で、当時では珍しい二世作家だ。国鉄三大ミステリー事件のひとつである「松川事件」の冤罪を説いた社会派の顔を持つが、彼の前半生は多情で女にだらしないものだった。

1915(大正4)年、24歳の時に永田町の下宿の娘・神山ふくと関係を持つが、性欲に駆られての情交だったため、激しく後悔する。彼女と距離を置くために友人・宇野浩二《うのこうじ》の家に身を寄せるも、ふくの妊娠が発覚。望まぬ懐妊であり、両親に打ち明けることをためらい、結果として籍を入れたのは3年後のことだった。しかし、この間に有楽町のカフェで働く茂登と恋仲になっており、第二子を出産したふくとはすぐに別居している。その後、茂登と同棲しながらも、実業家の愛人に言い寄られたり、別のカフェの女給に手を出したりと放蕩を続けたのち、茂登との同棲を解消して銀座のカフェの女給・松沢はまと暮らし始めた。広津はふくとの別居後も籍を入れたままであり、はまとは入籍していない。しかし、彼ははまを「真実の妻」と称し、周囲も「はま夫人」と呼んでいたことから事実上の妻として認知されている。

はまと結ばれたあと、広津の女癖はだいぶ落ち着いたようだが、中年になって起こしたとある火遊びで痛い目に遭っている。そのお相手は、1935（昭和10）年に出会った「X子」である。彼女との関係を告白した『続年月のあしあと』によれば、X子は当時22歳。都内の会社に勤め始めたばかりの文学少女で、出会いはボーイフレンドと一緒に彼のもとを訪ねてきたことだった。しかし、そのうち彼女1人で現れるようになり、ほどなくして男女の仲になってしまう。誤算だったのは、広津にとっては遊びだったが、彼女にとっては本気だったことだ。X子は周囲に「広津と添い遂げてみせる」と吹聴し、広津に自分を扶養するよう激しく迫る。彼の気を惹こうと自殺未遂を起こしたこともあり、関係解消までに5年近くを費やしたという。本名でも仮名でもなく「X」という存在しないイニシャルを用いたあたり、よほど苦い体験だと推察できるが、こればかりは自業自得であろう。

数多の男と関係を持った恋多き女傑

宇《う》野《の》千《ち》代《よ》

――生没年月日――

1897(明治30)年11月28日〜
1996(平成8)年6月10日

――出身地――

山口県玖珂郡
(現・山口県岩国市)

――代表作――

『おはん』
『幸福』
『生きて行く私』

――プロフィル――

酒造業を営む裕福な家庭に生まれる。24歳の時に『時事新報』に応募した『脂粉の顔』が一等入選し、小説デビュー。以後、大正・昭和・平成の3時代に渡って旺盛な創作活動を続け、98歳で死去した。

切れ目のない華々しい男遍歴

70年以上の作家生活で、出版した書籍は100冊以上。編集者や着物デザイナー、実業家としても活躍した宇野千代。1983年に発表した自伝的小説『生きて行く私』では、自身の豊富な男遍歴を綴ってベストセラーとなった。

千代は、その生涯で4度の結婚と離婚を経験している。最初の結婚は、岩国高等女学校在学中のことで、相手は従兄の藤村亮一。親同士が決めた結婚であり、彼女は亮一よりも弟の忠が好きだったため、すぐに実家に戻ってしまった。その後、1919(大正8)年に忠と入籍し、翌年には忠の就職に伴い北海道へ移住した。

1921(大正10)年、『時事新報』の懸賞短編小説に応募し、『脂粉の顔』が一等に入選すると、高額の賞金に驚き小説家を目指すようになった。翌年、二作目の原稿料を受け取るために上京した際、たまたま紹介された尾崎士郎に一目惚れ。帰郷をやめ、そのまま東京で尾崎との同棲をスタートさせる。忠との離婚は翌年に決まり、1926（大正15）年に晴れて尾崎と入籍。尾崎との結婚期間中、梶井基次郎に好意を寄せられたというエピソードは、梶井の項で紹介した通りだ。梶井との仲が噂されたのち、千代は尾崎と別居しているが、この理由は梶井とは関係なく、単純に尾崎との関係に飽きたからだろう。

その後、千代は画家の東郷青児《とうごうせいじ》と同棲を始める。きっかけは、東郷に行ったインタビューだ。当時、東郷は既婚者ながら愛人と心中未遂事件を起こし、その心境を取材した千代は、ほだされてそのまま同棲したという。1930（昭和5）年、尾崎と正式に離婚した彼女は、3年後に東郷をモデルにした『色ざんげ』を上梓したが、この頃には東郷との仲も冷めつつあり、ほどなくして破局。そして最後の夫となる作家・北原武夫《きたはらたけお》とは1939（昭和14）年に結婚し、珍しく長く続きしたが、結局1964（昭和39）年に離婚している。

後年、千代は一連の離婚について「男女の仲というものは、真の友情を持たなければ、結婚生活を続けることは難しい」と述懐している。誰とも子をなさなかった彼女にとって、男女の仲は恋愛や友愛であり、家族愛に至ることはなかったようだ。

性をテーマに書き、性に生きた男

吉行淳之介《よしゆきじゅんのすけ》

女優・宮城まり子と事実婚の関係に

父は詩人・吉行エイスケ、母はNHK連続テレビ小説のモデルにもなった美容師のあぐり。また、2人の妹は女優の吉行和子《よしゆきかずこ》、芥川賞作家の吉行理恵《よしゆきりえ》と、一家揃っての有名人である吉行淳之介。淳之介は「性」をテーマに人間関係を追求した作家で、作風同様、私生活においても女性関係が豊富な色男として知られている。

淳之介の妻・文枝とは終戦前後に知り合ったといわれている。彼女と関係を持つ前に、娼婦と初体験を済ませようとしたらしいが失敗。童貞を捧げた相手は文枝だったそうだ。1954（昭和29）年、『驟雨』で芥川賞を受賞すると、遠藤周作《えんどうしゅうさく》や安岡章太郎《やすおかしょうたろう》らとともに「第三の新人」と呼ばれた世代の1人となった。

生没年月日

1924（大正13）年4月13日～
1994（平成6）年7月26日

出身地

岡山県岡山市

代表作

『驟雨』
『砂の上の植物群』
『暗室』

プロフィル

新太陽社で雑誌の編集に携わる傍ら、小説を執筆。『原色の街』をはじめ、何度か芥川賞候補に選ばれたのち、30歳の時に『驟雨』で同賞を受賞。のちに妹の理恵も受賞し、兄妹で芥川賞を受賞した初めての例となった。

１９５７（昭和32）年、歌手・女優の宮城《みやぎ》まり子《こ》と雑誌の鼎談で知り合い、不倫関係が始まった。文枝とは別居し、淳之介とまり子は結婚を望んでいたようだが、文枝は断固として離婚に応じなかったという。１９６１（昭和36）年に発表した『闇のなかの祝祭』には、主人公の妻・草子が、愛人だった歌手・奈々子に嫉妬した末、奈々子のレコードを粉々に破壊するというシーンが描かれている。当時、同作は私小説として見なされ、淳之介もまた事実と述懐している。だが、後年になって妻・文枝は著書『淳之介の背中』で「フィクション」と否定しており、どちらが真実かは不明である。

いずれにしても、文枝は生涯離婚に応じず、淳之介とまり子は事実婚の関係にあった。しかし、まり子以外にも関係を持った女性がいたようだ。１９７０（昭和45）年に書き上げた『暗室』は、主人公の作家が複数の女性と関係を持つが、その中の「夏枝」と「多加子」のモデルは自分だと名乗り出る女性が現れたのだ。夏枝はホステス出身の作家・大塚《おおつか》英子《えいこ》で、多加子は銀座のクラブに勤めていた高山勝美。どちらも淳之介に関する著書を出版しており、その中で淳之介との関係を告白している。

とは言え、淳之介の〝本妻〟はまり子だった。あぐりをはじめ吉行家とも交流のあったまり子は、淳之介の死に際し、親族公認のもと葬儀を取り仕切ったという。

宗教や哲学で性欲を誤魔化した詭弁家

倉田百三《くらたひゃくぞう》

3人の女と同居し「多妻主義」と非難される

戯曲『出家とその弟子』で宗教文学ブームを引き起こし、宗教・哲学評論『愛と認識との出発』で若者から絶大な支持を得た倉田百三。その得意分野から清廉な印象を受けるが、恋愛観は業をも怖れぬ自由奔放なものだった。

第一高等学校（現・東京大学、千葉大学）在学中、妹の紹介で知り合った日本女子大学校の女学生・久子と恋仲になる。しかし、恋愛にかまけて百三は落第。愛想を尽かしたのか、久子から絶縁状を送られてしまう。

その後、肺結核を発症して退学を余儀なくされるが、入院先の看護婦・晴子と親交を深め、交際に発展する。その後、京都の宗教家・西田天香《にしだてんこう》に師事したのち、1916（大正

生没年月日

1891（明治24）年2月23日～
1943（昭和18）年2月12日

出身地

広島県比婆郡
（現・広島県庄原市）

代表作

『出家とその弟子』
『青春の息の痕』
『愛と認識との出発』

プロフィル

呉服商の長男として生まれる。哲学に傾倒して進学するも、肺結核を発症。療養しながら書き上げた戯曲『出家とその弟子』がベストセラーとなり、大正後期の文壇に宗教文学が流行するきっかけをつくった。

5）年に晴子と結婚。翌年、天香との出会いを経て書き上げた『出家とその弟子』が大ヒットし、ベストセラーとなった。すると、名声を得た彼のもとに久子が帰ってきたばかりか、直子という若い娘とも関係を結んだ。気がつけば、晴子と長男、久子、直子と同じ屋根の下で暮らすという、爛れた同居生活が始まったのだ。ほどなくして晴子とは離婚したが、彼女はその後も百三の面倒を見続け、世間からは「多妻主義」と非難されている。しかし、不自然な共同生活は長く続かず、晴子は百三の友人と再婚。百三もまた、1924（大正13）年に直子と再婚したが、のちに直子は精神を病むようになったという。

また、中年になってからは若い少女と文通し、当時10代後半だった少女に肉体関係を迫っている。百三は、己の性欲を宗教や哲学に絡めて誤魔化し、「あなたは法の妻。直子は世の妻」と口説き、「聖物」と称して陰毛をねだるなど、やりたい放題だった。口車に乗せられ、少女は百三が用意した東京の部屋に転がり込むまでになったが、わずか数日後、少女の家の者がやってきて連れ帰っている。

余談だが、百三の妹・艶子は、菊池寛の「マント事件」で佐野文夫がデートした日本女子大学校の女学生である。当初、『出家とその弟子』は『新思潮』に持ち込まれたそうだが、マント事件を根に持っていた菊池寛が掲載を断固拒否したといわれている。

「老いらくの恋」を成就させたエリート歌人

川田順《かわだじゅん》

生没年月日
1882（明治15）年1月15日～
1966（昭和41）年1月22日

出身地
東京府東京市
（現・東京都台東区）

代表作
『伎芸天』
『陽炎』
『山海経』

プロフィル
15歳で歌人・佐佐木信綱の門下生となり、早くから俊才ぶりを発揮。東大卒業後、住友本店に勤務し、常務理事まで出世するも、歌人に専念するため退社。『伎芸天』など浪漫的抒情に溢れた詩歌を数多く残した。

還暦を超えて出会った「宿命」の女性

川田順は漢学者・川田甕江《おうこう》の側室の子として生まれたが、生母の死後、牛込の本邸に引き取られている。幼い頃から非凡な才能を見せ、15歳の時に歌人・佐佐木信綱《ささきのぶつな》の門下生となる。東京帝国大学（現・東京大学）卒業後は住友本店に入社し、経理畑で順調に出世を続けるエリート社員だった。

しかし、実業と並行して佐佐木門下の歌人としても活動を続けていた彼は、1936（昭和11）年に住友を退社。住友の総帥である総理事の就任が確実と見られていたなか、歌人に専念する道を歩み始めたのだ。

壮年期を過ぎ、私生活では妻・和子を脳溢血で失うという不幸に見舞われたものの、歌人としては帝国芸術院賞や朝日文化賞を受賞。皇太子（現・上皇明仁様）の作歌指導にも携わるなど、華々しいキャリアを積み上げていた。

このまま、詩歌と添い遂げる余生を過ごすかと思われた川田。だが、なんと還暦を超えて運命の人に出会い、禁断の不倫愛に手を染めることとなる。

1944（昭和19）年、62歳になった川田は、35歳の人妻・中川俊子に短歌の指導を行うようになっていた。俊子は京都帝大（現・京都大学）経済学部教授・中川《なかがわ》与《よ》之助《のすけ》の妻である。しかし、あるとき与之助はナチス経済の研究をしていたことが問題視され、京大の辞職を余儀なくされてしまう。夫婦間にも不和が漂い始めると、いつしか川田と俊子は師弟を超えた関係を結ぶようになった。

当時の出来事は川田の『孤悶録』に綴られている。

> いつよりか君に心を寄せけむとさかのぼり思ふ三《み》年《とせ》四《よ》年《とせ》を
>
> そもそも私の心は何時頃から××さんと交渉を持ち始めたのであらうか。彼女へ愛を告白したのは昨廿二年初夏某日、近所の山中で草の上に坐りながらのことであつたが、愛そのものの芽生えは、自意識したと否とに関はらず、もつと久しい以前のこと

に相違ない。いつまで遡れるか。（中略）結局、遡って初対面の時まで行つてしまふ。（中略）十九年五月某日初めて彼女と同席した時に、互いの心には何等意識しなかつたけれども、「宿命」が仲介の役をつとめて傍に坐つてゐたのだ。

俊子に秘めたる思いを明かしたのは1947（昭和22）年だが、振り返れば初めて出会った1944（昭和19）年のときに「宿命」を感じていたようだ。川田は別の書籍『私の履歴書』で「ボクは宿命説の信奉者である」と語っており、俊子との出会いに、人の力が及ばない特別な感覚を得たのだ。しかし、穿った見方をすれば、この回想記は不貞の事実をロマンティックな演出で隠しているようにも思える。というのも、川田と俊子が惹かれ合いつつも関係を持たなかった期間は、姦通罪が存在していたからだ。姦通罪の廃止は1947（昭和22）年の春である。川田は、理性的な思考でもって、姦通罪を廃止されたあとの夏に告白したのではないだろうか。

狂言説も囁かれる謎多き心中未遂騒動

2人の不倫が与之助に発覚すると、もはや夫婦の関係は修復不可能となり、1948

（昭和23）年8月に俊子は離縁。川田との再婚を予定していたが、この頃から川田は家庭を壊してまで結ばれようとする自分の業に苦悩したという。

この結果、川田は友人の谷崎潤一郎、新村出《しんむらいずる》、富田砕花《とみたさいか》に遺書と歌稿を送り、同年12月3日、心中未遂をはかった。この事件は、川田の長詩『恋の重荷』の序章の一節「若き日の恋は、はにかみて／おもて赤らめ、壮子時《おさかり》の／四十路の恋は、世の中に／かれこれ心配れども、／墓場に近き老いらくの／恋は、恐るる何ものもなし」から引用されて「老いらくの恋」と報じられ、世間の関心を集めることとなった。

押し黙りわれは坐りぬこの恋を遂ぐるつもりかと友の驚く
つひにわれ生き難きかもいかさまに生きむとしても行き難きかも

この2つの短歌は、川田が俊子との関係に悩んでいた1948（昭和23）年に詠まれたものだ。しかし、心中未遂と言っても、命に何ら別状はないまま発見されたため、「世間の同情を引くための狂言」と指摘する識者もいる。いずれにせよ、2人は1949（昭和24）年3月、再婚を果たし、人目を避けるように国府津で静かに暮らしたそうだ。

女学生時代に妻帯者と心中未遂を起こす

平塚《ひらつか》らいてう《らいちょう》

生没年月日

1886(明治19)年2月10日～
1971(昭和46)年5月24日

出身地

東京府東京市
(現・東京都千代田区)

代表作

『元始、女性は太陽であった
平塚らいてう自伝』

プロフィール

女学生時代、妻帯者の講師と心中未遂を起こし、女性の自我の解放に関心を寄せる。25歳の時に婦人誌『青踏』を創刊し、女性問題を多く取り上げる。戦後も精力的に尽力し、日本の女性解放運動の中心を担った。

「塩原事件」と呼ばれた情死未遂スキャンダル

婦人月刊誌『青鞜』創刊の中心人物で、女性解放運動家として高名な平塚らいてう。中でも創刊号に彼女が綴った文章の表題「元始、女性は太陽であった」のコピーは広く知られ、のちに代表作の1つとなる自伝のタイトルにもなっている。

しかし、彼女は「らいてう」を名乗るよりも前に、とあるスキャンダルで図らずも有名になってしまった。らいてうの本名は明子《はるこ》で、才女だった彼女は、日本女子大学校を卒業後、成美女子英語学校に通っていた。ここで出会ったのが、夏目漱石の門弟・森田草平《もりたそうへい》だった。当時、明子は22歳、森田は27歳。森田は女子学生が文学を学ぶ勉強会の講師をしており、妻子ある身だった。ところが、2人は勉強会を通じて禁断の愛を育むようになる。

そして、当時揃ってイタリア作家・ダヌンチオの『死の勝利』に強く影響を受けていたこともあり、なんと心中旅行を計画したのだ。

向かった先は、栃木県の塩原温泉。１９０８（明治41）年3月、情死の決行前夜、思い詰めた表情で旅館に入った2人を、宿の主人は見逃さなかった。翌朝、早くに出掛けた2人が、夕方になっても帰宅しないことを不審に思い、駐在に連絡したのだ。その後、ほどなくして深い雪山で座り込む2人を発見。疲れ切り、心中する気力も失っていたようで、最悪の事態は免れた。しかし、妻帯者の教師と女学生による心中未遂は、恰好のスキャンダルであり、「塩原事件」として新聞各紙が大きく取り上げたのだ。

その後、森田と破局した明子は「らいてう」の筆名で活躍することになるが、１９１２（明治45／大正元）年の夏頃、5歳下の画家志望の青年・奥村博史《おくむらひろし》と出会い、恋仲になる。このとき、奥村は自身を「若い燕」と称している。渡り鳥の燕だが、頻繁に女の巣に通う習性があることから、自らを燕になぞらえたのだ。これ以降、年上の女性と恋仲になったり、愛人として囲われていたりする若い男性のことを「若い燕」と呼ぶようになった。かくして若い燕と結ばれた明子だったが、既存の結婚制度に異を唱え、奥村との間に2子をもうけたものの、奥村とは籍を入れずに自分の私生子として育てたという。

妻の不倫は許さない我が儘な一夫多妻主義者

里見弴《さとみとん》

生没年月日
1888(明治21)年7月14日〜1983(昭和58)年1月21日

出身地
神奈川県横浜区
(現・神奈川県横浜市)

代表作
『多情仏心』
『安城家の兄弟』
『恋ごころ』

プロフィル
作家・有島武郎と画家・有島生馬の実弟。白樺派の主要メンバーで、志賀直哉とは旧知の仲。10代半ばから創作活動を開始し、長く文壇の一線で活躍。94歳で大往生するが、晩年まで精力的に執筆を続けた。

盟友・志賀直哉と吉原通いを楽しむ

里見弴は実業家・有島武《ありしまたけし》の四男として生まれ、作家・有島武郎《ありしまたけお》や画家・有島生馬《ありしまいくま》は実兄である。兄の生馬と志賀直哉は学習院中等科の友人で、その縁で若い頃から志賀に文学を教わっていた。志賀は里見の5歳上だったが、交流を深める中で親友のような間柄となり、青年時代には一緒に吉原の遊郭に繰り出すなど、遊蕩に耽っていたそうだ。

志賀の項では、おもに彼の中年時代の不倫について紹介したが、実は若い頃の志賀はなかなかの遊郭狂だった。遊郭で揃って性病に感染しては里見と志賀で同じ病院に通ったり、1911(明治44)年4月の吉原大火では、野次馬根性丸出しで志賀とともに焼け跡を見に行ったりするなど、自由気ままなエピソードも残されている。

里見が遊郭に通い始めたのは23歳頃のことで、それ以前に彼は童貞を捨てている。里見の初体験は19歳の時、女中の八重という女が相手で、なんと年齢は40歳前後という中年だった。手近な女で済ませたのかと思いきや、その後も24歳くらいまで関係を持ち続け、その過程で八重を孕ませたこともあった。幸か不幸か、出産には至らず、妊娠発覚からすぐに堕胎しているが、里見にとって初めての女は特別な存在だったのかもしれない。

里見弴

１９１５（大正４）年、28歳の時に里見は芸者の山中まさ（18歳）と結婚した。大阪の芸者宅の２階に下宿していたときに出会った娘で、両親の反対を押し切っての結婚だった。

同年７月、長女・夏絵が生まれるが、生後48日で死去。その後、まさとの間に四男一女をもうけるが、１９２３（大正12）年頃に赤坂の芸者・菊龍（遠藤喜久／お良）を愛人としている。

当時、菊龍は三井財閥の中上川次郎吉《なかみがわじろきち》をパトロンに持ち、二代目市川猿之助《いちかわえんのすけ》（のちの初代猿翁《えんおう》）の愛人でもあった。その事実を菊龍から知らされたのは、彼女と関係を持ったあとだったそうだ。しかし、あきらめきれない里見は略奪を決意。1926（大正15）年には麹町に妾宅を用意し、お良（菊龍）と同棲を始めるなど、その後の生活はほぼお良とともに過ごすようになった。

不倫の末に心中した兄・有島武郎を否定

お良と結ばれた1923（大正12）年は、里見にとって大きな出来事がいくつも重なった年だった。まず、6月9日には、兄の有島武郎が愛人と心中してこの世を去っている。心中が発覚したのは7月のことで、詳細は武郎の項で後述するが、里見は兄の情死に対して否定的な見解を示している。1931（昭和6）年に書き上げた『安城家の兄弟』は、武郎の情死事件をモデルにしているが、その一節に次のような描写がある。

今度の事件で曝露された文吉の甘さ、錬の足りなさは、ひとり彼のみのものではなく、日比親しくしてゐた友達仲間にもまた共通のものと知られ、昌造は腹の底からうんざりさせられて了った。

「文吉」は武郎のことであり、「昌造」は里見のことだ。自殺否定論者だった里見は、不倫を悔いて死を選んだ兄の行動が理解できなかった。ましてや、里見は若い頃から芸者遊びを繰り返し、愛人も抱えていたような男である。どちらが正しいかを議論するつもりはないが、里見は「ありのままの人間を肯定し、自分自身に誠実であること」を生涯のテーマとし、その思想は作風にも大きく反映されていた。

また、同年9月1日は関東大震災が起こっている。地震発生当時、里見は赤坂の待合で『多情仏心』を執筆中だったが、妻子が暮らす逗子の家は倒壊している。このとき、市川という男を逗子に送って妻子の無事を確認しているのだが、あろうことか妻・まさと市川が不倫関係に陥ってしまう。妻の不貞を知った里見は激怒し、2人に詰め寄った。駆け落ちしたいほど愛し合っているのかと質問すると、市川は言葉を濁したので、そのまま別れさせたという。なお、当時執筆していた『多情仏心』は一夫多妻主義を肯定する内容だったが、彼自身も同じ思想だったようだ。自らはお良と生活をともにしながらも、妻の不貞は決して許さない。旧時代の男尊女卑を良しとする男だった。

愛人に救いを求めるも薬物で身を滅ぼす

田中英光《たなかひでみつ》

生没年月日

1913(大正2)年1月10日〜
1949(昭和24)年11月3日

出身地

東京府東京市
(現・東京都港区)

代表作

『オリンポスの果実』

プロフィル

大学時代、ボートの日本代表としてロサンゼルス・オリンピックに出場。同人雑誌に寄稿した作品が太宰治に評価されたことを機に、太宰を師と仰ぐ。36歳の時、太宰の墓前で自殺をはかり、搬送先の病院で死去。

薬物中毒に陥り、師を追って自殺

「オリンピック代表選手を経て作家」という異色の経歴を持つ田中英光。彼は早稲田大学在学中の1932(昭和7)年、ボート選手のメンバーとしてロサンゼルス・オリンピックに出場している(結果は予選敗退)。代表作『オリンポスの果実』は、当時の恋心を回想した作品で、作中に登場する片思いの相手「熊本秋子」は、走り高跳びの選手だった相良八重だ。意中の女性に思いを伝えることもできず、「あなたは、いったい、ぼくが好きだったのでしょうか。」で締め括られた結末と同様、英光は現実でも八重に何のアプローチもできないような純朴な青年だった。

そんな彼も、大学卒業後は人並みに恋をして、1937(昭和12)年に結婚。だが、日中戦争や第二次世界大戦に出征したのち、戦後の不況で職場を解雇されてしまう。資本主義を憎んで共産党に傾倒してみるも、幹部が甘い汁を吸っている内情を知って幻滅。1年も経たずに離党届を叩きつけるなど、彼の心は少しずつすさんでいった。

そんな折、英光は新宿で出会った若い女・山崎敬子《のりこ》に恋をし、不倫に走り始める。彼女との生活は私小説『野狐』に綴られており、同作で敬子は「桂子」として登場している。敬子は周囲から「たいへんな女」と評される、幼稚で奔放な女だった。しかし、家庭に幸せを見出せなくなっていた英光は、敬子との関係に救いを求め、喧嘩を繰り返しながらも彼女の虜となっていく。また時を同じくして、師事していた太宰治の訃報が飛び込んできた。尊敬する師を失い、カルモチンやアドルムといった睡眠薬の乱用を繰り返した結果、薬物中毒に陥ってしまう。

1949（昭和24）年5月、痴話喧嘩の末に敬子の腹を包丁で刺し、英光は逮捕された。幸い、敬子の命に別状は無く、意識混濁下の犯行として不起訴処分になったが、もはや不安定な心を回復させる術はなかった。そして同年11月3日の夕方、アドルム300錠を焼酎1升で流し込んだのち、剃刀で左手首を切って帰らぬ人となった。彼が死に場所として選んだのは、三鷹市の禅林寺。太宰の墓前であった。

短い生涯で多くの浮き名を流した無頼派

織田作之助《おださくのすけ》

奔放な女性遍歴は妻を失った反動か

　第二次世界大戦後、既成の文学観やモラルに反発し、自虐的かつ退廃的な立場から作品を生み出そうと試みた無頼派（新戯作派）。「オダサク」の愛称で親しまれた織田作之助は、太宰治《だざいおさむ》や坂口安吾《さかぐちあんご》らに並ぶ無頼派を代表する作家だ。

　1934（昭和9）年、カフェの女給をしていた宮田一枝を口説いて同棲生活を始め、5年後に結婚。芥川賞候補となった『俗臭』、『夫婦善哉』のヒットなどを受けて本格的な作家活動を開始するなか、舞台女優・輪島昭子と関係を持ち始める。

　しかし、1944（昭和19）年夏に一枝が子宮ガンで死去すると、妻を亡くしたショックから後追い自殺を考え、遺書まで残したという。だが、そんな彼を支えたのだろう、自

生没年月日

1913(大正2)年10月26日〜
1947(昭和22)年1月10日

出身地

大阪府大阪市

代表作

『夫婦善哉』
『青春の逆説』
『土曜夫人』

プロフィル

劇作家志望で戯曲を執筆する中、フランス作家のスタンダールに影響を受けて小説家に転向。無頼派の中心作家として活躍したほか、既存の小説観に反対する評論も発表したが、肺結核により33歳で死去している。

殺を思いとどまった作之助は、冬には昭子と同棲するようになっていた。

もともと作之助は劇作家志望で、小説家を続ける一方、演劇脚本や放送劇の仕事も多かった。演劇は趣味としても好んだほか、音楽も愛し、そんななかで出会ったソプラノ歌手・笹田和子《ささだかずこ》に恋をしてしまう。結果、昭子と別れた作之助は1946（昭和21）年に和子と結婚。しかし、20代の頃から結核に冒されており、同年冬に大喀血を起こして入院すると、翌1月に33歳の若さでこの世を去った。

なお、最期の言葉は「お前に想いが残って死にきれない」だったそうだが、この言葉は和子ではなく、昭子に向けられた言葉である。実は、上流階級出身の和子と下町生まれの作之助は折り合いが悪く、夫婦生活は早々に破綻。昭子と復縁し、彼の臨終を看取ったのも昭子だった。その後、輪島昭子は「織田昭子」と名乗るようになり、内縁の妻として知られるようになる。作之助の友人で、川端康成の弟子だった石浜恒夫《いしはまつねお》と交際したこともあったが、ことあるごとに作之助の名を出しては石浜を批判したという。

晩年の作之助は売れっ子作家として稼ぎも多く、祇園の舞妓や撮影所の女優、カフェの女給など見境無く手を出していた。しかし、最も愛していたのは最初の妻・一枝であり、「一枝の写真を肌身離さず持ち歩いていた」という逸話も残っている。

娘婿との禁断の情交を妄想で描写!?

円地文子《えんちふみこ》

虚実が混じり合う『朱を奪うもの』三部作

男尊女卑が色濃い近代日本において、抑圧された女たちの業や執念を鋭く描いた円地文子。言語学者・上田《うえだ》萬年《かずとし》の二女として生まれ、英才教育を受けて育った彼女は、歌舞伎や古典を好んだほか、永井荷風や谷崎潤一郎ら耽美派作家にも熱中した。

作家としてのキャリアは戯曲だったが、戦後は小説に専念。1969（昭和44）年、代表作のひとつである『朱を奪うもの』『傷ある翼』『虹と修羅』の三部作が谷崎潤一郎賞を受賞している。同三部作は、自伝的小説と評されることが多いが、文子は「自伝的」との表現に否定的だった。自身の体験が多分に含まれていることは認めつつ、「自分の経験を自由に誇張したり、粉飾したりして物語ろうとした」と述懐している。

生没年月日

1905(明治38)年10月2日～
1986(昭和61)年11月14日

出身地

東京府東京市
(現・東京都台東区)

代表作

『朱を奪うもの』
『遊魂』
『食卓のない家』

プロフィル

言語学者・上田萬年の二女として生まれる。戯曲作家としてデビューし、のちに小説へとシフト。女性の業や執念を追求し、『朱を奪うもの』三部作や『遊魂』で文学賞を受賞。昭和を代表する女流作家となった。

　このため、同三部作の主人公・滋子の体験がどこまで事実かは不明だが、少なくとも作中で描かれた「滋子と一柳燦の不倫」は実体験に基づいたものだと見られている。一柳という男のモデルとなったのは、昭和前期の作家・片岡鉄兵《かたおかてっぺい》だ。

　1930（昭和5）年、文子は新聞記者の円地与四松《えんちよしまつ》と結婚し、一女をもうけた。夫との関係は早くから冷え切っていたようで、離婚することはなかったものの、片岡と不倫関係にあったようだ。また、『傷ある翼』では、家庭問題に悩む滋子がかつての恋人・柿沼鴻吉に相談する中で関係を持つ描写があるが、この柿沼という男のモデルは演出家・土方与志《ひじかたよし》だと指摘する評論家もいる。

　なお、後年に発表した『私も燃えている』や『遊魂』では、中年の女性作家が姪の夫候補に恋をしたり、娘の夫と禁断の関係に陥ったりする作品を発表しているが、これらのモデルは核物理学者をしていた娘婿だったと考えられている。

『遊魂』では、婿と一緒に風呂に入り、婿に甘える淫らな女性作家の様子が描かれているが、さすがにフィクションだろう。とは言え、若い異性に夢中になる中年の姿は、どこか晩年の谷崎作品を彷彿とさせる。生計のために執筆した通俗小説かもしれないが、彼女の願望の一端が込められていたのかもしれない。

奔放な婚外生活を送った「火宅の人」

檀《だん》一《かず》雄《お》

―― 生没年月日 ――

1912(明治45)年2月3日〜
1976(昭和51)年1月2日

―― 出身地 ――

山梨県南都留郡
(現・山梨県都留市)

―― 代表作 ――

『リツ子・その愛』
『真説石川五右衛門』
『火宅の人』

―― プロフィル ――

佐藤春夫に師事し、太宰治や坂口安吾と交流を深めた無頼派作家の1人。『長恨歌』『真説石川五右衛門』で直木賞を受賞。愛人との同棲など奔放な生活を綴った遺作『火宅の人』は、死後に日本文学大賞を受賞した。

最愛の妻の死から生まれた連作『リツ子』

山梨で生まれた檀一雄だが、技師をしていた父は転勤族で、幼い頃から各地を転々としていた。一雄が9歳の時、母・トミが医学生と不倫して出奔。のちにトミはこの学生と別れたのち、貿易商を営む高岩勘次郎と再婚している。

トミと勘次郎の子で、一雄の異父弟にあたる高岩淡《たかいわたん》は、のちに東映の代表取締役や会長を歴任した人物だ。一雄と淡の仲は良好で、一雄の死後、代表作である『火宅の人』の映画化を企画したのも淡だった。同映画は一雄の娘で女優の檀ふみが特別出演を果たしたことでも話題を呼んだが、このふみの女優デビューにも淡が関わっている。1970(昭和45)年、一雄とふみが淡の撮影現場を訪問した際、ふみが映画関係者の目に留まり、スカウトされたことがデビューのきっかけだった。

檀ふみは、一雄の2番目の妻・ヨソ子の子だ。一雄の初婚は1942（昭和17）年のことで、開業医の娘・律子と見合い結婚している。しかし、律子は長男の太郎を出産後、腸結核を患い1946（昭和21）年4月に死去。同年11月に再婚したのがヨソ子である。

リツ子との思い出は、1950（昭和25）年に発表した『リツ子・その愛』『リツ子・その死』に描かれている。戦時下および戦後の困窮時代に最愛の妻が結核に倒れ、幼い息子の世話や妻の看護に奔走する姿を鮮明に描き、昭和文学の傑作との呼び声が高い。

愛妻家から一転、15歳下の女優と不倫愛

しかし、愛妻家だった一雄だが、再婚後に出会った舞台女優・入江杏子《いりえきょうこ》と不倫関係に陥ってしまう。1947（昭和22）年、一雄は福岡で劇団を設立し、杏子とはそこで知り合った。杏子は上京後、東京・石神井の一雄の家に出入りするなど、妻のヨソ子にも世話になっていた。当初、2人の間に肉体関係はなかったようだが、1956（昭和31）年、男女の仲になると、一雄は家を出て千代田区神田の山の上ホテルで同棲を始める。

翌年には浅草のマッサージ屋の二階に部屋を借り、3年ほど暮らしたそうだ。なお、2

人が関係を結んだ時の年齢は、一雄が44歳、杏子が28歳だった。杏子は童顔だったようで、一雄が坂口安吾に杏子を紹介した時には「少女趣味」と評されたという。

さて、先述した『火宅の人』は、1955(昭和30)年、『新潮』に発表してから約20年間に渡って断続連載された長編小説で、奔放に生きる一雄の体験がモデルとなっている。「火宅」とは、仏教の説話に出てくる用語で、煩悩や苦しみに満ちた世の中を、火災に包まれた家に喩えた言葉だ。病児を含め、5人の子どもを抱える妻を置いて家を飛び出し、愛人との同棲生活に入った自らを、一雄は「火宅の人」と喩えたのだ。

杏子との関係は5年程度で終わったようだが、最後は喧嘩別れだったようだ。

恵子がこの時ほどにくにくしい怨恨の鬼相を呈したことはない。(中略)「サッサと、石神井に帰ってしまったらどう?」/この時、私が何をわめき、何を言ったか覚えていない。気がついた時には、恵子をひきずり起し、とっては投げ、とっては投げていた。

これは『火宅の人』の一節で「恵子」とは杏子のことである。一雄の死から20年以上が経った1999(平成11)年、入江杏子は『檀一雄の光と影』を発表しており、そこで彼女は当時の別れのシーンについて次のように綴っている。

この乱闘は突如起こった争いではなく、そうなる下地はあったのです。／酔って帰った彼は、私が投げつけた言葉に逆上して、また島村氏のことを持ち出しました。（中略）あの美しかった日々はどこに行ってしまったのか？

「島村氏」とは、右翼活動家・島村剛のことで、杏子と交際していると噂されていた人物だ。実際、付き合った事実はなかったそうだが、一雄は2人の関係を疑っていたようだ。

いずれにしても、一雄のDVは事実だったようで、娘・檀ふみも自宅で幾度となく両親の喧嘩を目にしており、「どこに逆鱗を秘めているかわからなかった」と述懐している。

一雄が同棲をした山の上ホテルは今も残る。

名家を嫌って自由奔放に生きた男

有馬頼義《ありまよりちか》

自殺未遂後、華族を捨てて愛人と暮らす

旧久留米藩主・有馬家という名門に生まれた有馬頼義。15代当主である父・頼寧《よりやす》は伯爵の爵位を持ち、農林大臣やプロ野球・東京セネタースのオーナーを務めた人物だ。

華族である有馬家は、明治期に入ってからも宮家から妻を迎えるような名門だった。頼義は三男だったが、兄2人が早逝したことから伯爵家を継ぐよう決められていた。しかし、名家の伝統や華族の家柄を嫌っていた彼は、1944(昭和19)年、親族が猛反対する中、芸者の千代子と結婚。当時、彼が反戦小説を執筆していたのも、政治家だった父に対する意趣返しもあっただろうか。ともあれ、有馬家の千代子に対する風当たりは強く、女中からも呼び捨てにされていたという。

生没年月日

1918(大正7)年2月14日～
1980(昭和55)年4月15日

出身地

東京府東京市
(現・東京都港区)

代表作

『終身未決囚』
『四万人の目撃者』
『夕映えの中にいた』

プロフィル

伯爵の爵位を持つ華族に生まれる。36歳の時に短編集『終身未決囚』で直木賞を受賞。推理小説家としても活躍し、一時期は松本清張と並ぶ社会派推理作家として人気を博した。

戦後、父・頼寧は戦犯の1人として拘置されている。のちに釈放されたが、公職を追放された上、財産も差し押さえを受けることとなった。もとより有馬家の財産を頼るつもりはなかっただろうが、頼義も小説家として稼いでいたわけではない。清掃の仕事や大衆雑誌の記事などで何とか生計を立てていたそうだ。1954（昭和29）年、短編集『終身未決囚』で直木賞を受賞して名声を得たのち、推理作家としても活躍。1959（昭和34）年には『四万人の目撃者』で日本探偵作家クラブ賞を受賞するなど順風満帆な作家人生を歩んでいた。そんななか、彼は中央公論の女性編集者・畠中久枝（のちのノンフィクション作家・澤地《さわち》久枝《ひさえ》）と出会い、肉体関係を持つようになる。久枝も既婚者だったため、いわゆるダブル不倫である。久枝は頼義と再婚するつもりで夫と別れたが、ほどなくして頼義と破局しており、その後も頼義は千代子との生活を続けていた。

頼義は、夫としても父としても、決して褒められた人物ではなかった。睡眠薬のブロバリンを乱用し、昏倒しては妻子に面倒をかける日々。1972（昭和47）年には、ガス自殺で死去した川端康成に誘発されるように自らもガス自殺を試みている。幸い、長男が早期に発見したことで未遂に終わったが、その後は入院中に出会った看護婦を愛人にして、家族や友人とも距離をとって暮らす晩年を送った。

妻と愛人・瀬戸内寂聴との奇妙な三角関係

井上光晴《いのうえみつはる》

生没年月日
1926（大正15）年5月15日～
1992（平成4）年5月30日

出身地
福岡県久留米市

代表作
『書かれざる一章』
『虚構のクレーン』
『地の群れ』

プロフィル
戦後、共産党に入党したが、デビュー作の『書かれざる一章』で共産党内部の内情を描き、除名処分を受ける。その後は戦争や原爆、差別などをテーマに硬派な作品を数多く執筆し、戦後文学の旗手として活躍した。

気に入った女には全力でサービス！

純文学作家として数多の硬派な作品を残しながら、文学賞とは無縁だった井上光晴。戦後の文壇を盛り上げた純文学作家の1人として評価される一方、彼は「瀬戸内寂聴と不倫していた作家」としても知られている。

豊富な男性遍歴を持つ寂聴だが、光晴との不倫は約7年に渡った。その間、光晴も寂聴も別の異性と関係を持つこともあったが、寂聴が出家を決意した要因のひとつは、光晴との関係の清算だった。2人が関係を持つようになったのは、1966（昭和41）年のこと。当時、作家「三谷晴美」として活躍していた寂聴は、光晴とともに出掛けた講演旅行をきっかけに、関係を深めていったそうだ。

光晴の娘で直木賞作家でもある井上荒野《いのうえあれの》は、2019（平成31）年に『あちらにいる鬼』を上梓している。同作は、光晴と寂聴の関係がモデルとなっていることでも話題を呼んだが、荒野は執筆するにあたって寂聴に当時の父との話を詳しく聞いたそうだ。寂聴によれば、光晴は気に入った女性には全身全霊でサービスし、女性が喜ぶ言葉を熟知していたという。また、妻に対しても「あんたが一番」と愛を囁いており、そんな父を荒野は「男としては魅力的だったのでは」と分析している。

多くの場合、不倫は家庭崩壊の原因ともなりえる。ところが、光晴夫妻と寂聴との間には、奇妙な三角関係が成り立っていた。光晴は妻の自慢話を寂聴に聞かせ、自宅に招いて妻の手料理を振る舞ったこともある。また、光晴は寂聴に対し、ことあるごとに「俺とあんたがこういう関係じゃなければ、妻と一番いい親友になれたのに」と語っていたという。井上家が崩壊を免れたのは、妻の器の大きさに助けられたからかもしれない。不倫関係が終わったあとも、光晴の妻は寂聴と手紙を通じて交流を続け、寂聴の作品の感想などを伝えていたそうだ。なお、光晴夫妻が眠る墓は、岩手県二戸市の天台寺にある。この墓地は、寂聴が同寺の住職を務めていた時代に光晴が購入したもので、2人が眠る墓の近くには、寂聴が自分のために用意した墓地も置かれている。

生涯独身だった『恋愛論』の作者

フランス作家のスタンダール（1783～1842年）は、生涯最大の恋人マチルデをはじめ、豊富な恋愛経験を持っている。一時期は兵役に就いていたにもかかわらず、彼は馬に乗ることも剣を振ることもできなかったそうだ。この理由として「女遊びで忙しかった」という噂が囁かれるほどだった。また、スタンダールは自身の恋愛経験をもとに綴った随筆『恋愛論』を発表している。同書には恋愛に関する数々の名言も残されているが、自身は生涯独身を貫いている。彼は幼い頃に無くした母を偏愛した一方、父を憎んでいたという。人妻にも手を出すような恋愛至上主義者だったが、「夫婦」や「家族」というものにはトラウマがあったのかもしれない。

同じくフランス作家のバルザック（1799～1850年）も恋多き男だ。彼は、家庭を持った貴族階級の年上女性ばかりを狙う「人妻キラー」だった。浪費癖があり、莫大な借金を抱えたこともあったが、晩年に結婚したポーランド貴族の未亡人に清算させている。

代表作『変身』の独特な世界観が知られる、チェコのフランツ・カフカ（1883～1924年）。メモ魔で筆まめだった彼は、その膨大な記録から多くの女性と恋愛経験を持っていたことが明らかになっている。ジャーナリストの女性と付き合っていた頃には、なぜか自身の初体験を綴った手紙を送っており、また婚約者フェリーツェには計500通もの手紙を送っている。ちなみに、彼は三度の婚約すべてを破棄しており、生涯独身だった。

第3章
文豪と家族

姪との近親相姦を小説にして世間に発表

島崎藤村《しまざきとうそん》

生没年月日

1872（明治5）年3月25日～
1943（昭和18）年8月22日

出身地

筑摩県第八大区
（現・岐阜県中津川市）

代表作

『若菜集』
『破戒』
『夜明け前』

プロフィル

処女詩集『若菜集』で浪漫主義詩人として文名を得たのち、散文を経て小説家に転向。部落差別をテーマにした『破戒』で自然主義を開拓し、大正期には姪との関係を告白した『新生』で大きな反響を呼んだ。

教え子との恋が実らず、わずか3ヵ月で退職

　創作活動の前半生は浪漫主義の歌人として、後半生は自然主義の作家として近代日本の文壇を盛り上げた島崎藤村。

　処女詩集『若菜集』は、「まだあげ初めし前髪の」から始まる有名な詩「初恋」をはじめ、優美な大和言葉を用いたロマンチシズムあふれる作品だ。しかし一方で、姪との近親相姦を告白した『新生』や父の狂死を暴露した『夜明け前』など、センセーショナルな作品を残しており、ここに藤村の闇が垣間見られる。

　島崎家は、木曽街道馬籠宿の本陣で、問屋と庄屋を兼ねる名家だった。父・正樹は島崎家17代目当主であり、藤村は1872（明治5）年、7人兄姉の末っ子として生を受けた。

父の正樹は、明治維新に際して王政復古に期待したが、文明開化の風潮に失望したという。藤村の晩年の代表作『夜明け前』は、父・正樹（作中では半蔵）をモデルにした長編小説だ。半蔵は明治天皇に憂国の歌を記した扇子を投げつけて不敬罪に問われるなど、数々の挫折を経験した末に発狂。最後は自宅の座敷牢に監禁されたのち、死亡している。

半蔵が監禁される決め手となったのは、菩提寺である永昌寺への放火だが、実際に正樹が菩提寺に放火したかは不明である。しかし、発狂した末に牢獄内で死去したのは事実であり、1886（明治19）年、藤村が14歳の時に正樹はこの世を去っている。

複雑な家庭から逃げ出すように、父の死よりも前に上京した藤村は、洗練された都会に憧れるようになった。彼が入学した明治学院（現・明治学院大学）は、新設されたばかりのミッションスクールで、自身も東京・高輪の教会で洗礼を受けている。また、のちに恋愛至上主義の詩人となる北村透谷《きたむらとうこく》と意気投合し、恋愛に対する関心も強まっていた。

1892（明治25）年10月、藤村は明治女学校に就職し、高等科の英語講師になった。ほどなくして、才色兼備の教え子・佐藤輔子に恋をしてしまう。ところが、輔子に許婚がいるとわかり、藤村は早々に失恋。教室で彼女の顔を見ることすら苦痛になり、わずか在職3ヵ月で退職することとなった。

姪を妊娠させてフランスへ逃亡

失恋を乗り越え、ひとつ大人になった藤村は、1897（明治30）年に処女詩集『若菜集』を発表。2年後には明治女学院卒業生の泰冬子と結婚したが、生活は困窮していた。『破戒』を執筆していたのもこの時期で、彼は自費出版を目指して費用の捻出に奔走。しかし、そのさなかに3人の娘が栄養失調で次々と他界してしまう。また1907（明治40）年には、『破戒』の出版費用を工面してくれた妻・冬子の実家が函館大火により焼失。さらに、1910（明治43）年、四女を出産した冬子が産後に大量出血して死亡するなど、相次ぐ悲劇に見舞われている。

藤村1人で残された子どもたちの面倒を見るのは難しく、次兄・広助の長女・久子と二女・こま子が手伝いに来てくれた。その後、久子は嫁に行き、こま子1人が残されることになったが、ここで藤村は姪であるこま子に手を出してしまったのだ。

ある夕方、節子は岸本に近く来た。突然彼女は思い屈したような調子で言出した。／私の様子は、叔父さんには最早よくお解りでしょう」（中略）節子は極く小さな声で、彼女が母になったことを岸本に告げた。／避けよう避けようとしたある瞬間が到頭やって来たように、思わず岸本はそれを聞いて震えた。

この一節は、こま子（節子）との関係を告白した『新生』のものだ。そう、姪と肉体関係を持った藤村（岸本）は、彼女を妊娠させてしまったのだ。ここで藤村がとった行動が何とも情けない。あろうことか、実子とこま子を日本に残し、フランス留学という名の逃亡に走ったのだ。しかも、姪を孕ませたことを伏せたまま、家族の面倒を兄・広助に頼み、日本を出てから手紙で懺悔するという畜生ぶりである。のちに、こま子は藤村の子を出産するも、養子に出されている。逃亡から3年後の1916（大正5）年、帰国した藤村は再びこま子と関係を持ち、挙げ句の果てには先述の『新生』を上梓。姪との禁断の関係を世間に公表したのだ。裏切りを繰り返した藤村に、当然ながら広助は激怒した。藤村は兄から絶縁された上、こま子は台湾にいる長兄・秀雄のもとに送られてしまった。

実は父・正樹にも腹違いの妹と関係を持った過去があり、藤村はことあるごとに「島崎家の黒い血」や「親譲りの憂鬱」といった不穏な言葉を口にしていた。しかし、血筋が言い訳になるはずもなく、藤村の行動が度を超えていたことに変わりはない。

谷崎から妻を譲り受けた「細君譲渡事件」

佐藤春夫《さとうはるお》

谷崎の妻に抱いた憐憫と恋慕

拝啓　炎暑の候尊堂益々御清栄奉賀候　陳者我等三人この度合議をもって千代は潤一郎と離別致し春夫と結婚致す事と相成り潤一郎娘鮎子は母と同居可致素より双方交際の儀は従前の通りにつき右御諒承の上一層の御厚誼を賜度くいづれ相当仲人を立て御披露に可及候へ共不取敢以寸楮御通知申上候　敬具

昭和五年八月

谷崎潤一郎
千代
佐藤　春夫

生没年月日

1892(明治25)年4月9日～
1964(昭和39)年5月6日

出身地

和歌山県東牟婁郡
(現・和歌山県新宮市)

代表作

『田園の憂鬱』
『お絹とその兄弟』
『美しき町』

プロフィル

文人気質の濃い医者の家系に生まれ、文芸誌への詩歌の投稿を経て詩人となる。大正期からは小説に転じ、27歳で発表した『田園の憂鬱』は代表作となった。油絵に興味を持った時期もあり、二科展に入賞した画才も持つ。

1930（昭和5）年、谷崎潤一郎は、妻・千代との離婚報告を発表した。声明文は谷崎・千代・佐藤の連名であり、離婚した千代は佐藤と再婚する旨が記されていた。

彼らの声明は「細君譲渡事件」として世間を大いに驚かせたが、実情を知らない者たちからすれば、千代と佐藤が不倫し、谷崎が別れを決意したように映った。もちろん、当時から谷崎の放蕩は広く知られていたが、文士2人を巻き込んだゴシップを前に、世間は千代にも好奇の目を向けた。そのため、当初は千代を非難する声も多く上がったという。しかし、谷崎の項でも触れた通り、彼は早くから千代に対する愛情を失い、婚外生活を楽しんでいたような男だ。

佐藤が谷崎と知り合ったのは、ちょうどこの頃である。谷崎宅に足を運ぶなかで、千代に抱いた同情の念は、いつしか愛情へと変わっていった。千代もまた、冷たい夫とは対照的に、優しく接してくれる佐藤を憎からず思うようになる。谷崎が千代を大事にするつもりがないのであれば、自分が娶って幸せにしたい。佐藤はそう願い出て、谷崎も了承した。

当時、谷崎は千代の妹・せい子と愛人関係にあり、千代と別れたあとはせい子と再婚するつもりだった。ところが、奔放なせい子は別に男をつくって谷崎のもとから立ち去ってしまう。予定が狂った谷崎は、急に千代との別れが惜しくなった。そこで1921（大正10）年、谷崎は佐藤との約束を一方的に撤回したのだ。当然、佐藤は激高し、谷崎と絶交することとなった。

当時、谷崎の家が小田原にあったことから、この出来事は「小田原事件」と呼ばれる。1923（大正12）年、佐藤は詩集『我が一九二二年 詩文集』を発表し、そのなかには千代に対する恋慕の詩も収録されている。

あはれ／秋風よ／情《こころ》あらば伝へてよ、／夫を失はざりし妻と／父を失はざりし幼児とに伝へてよ／――男ありて／今日の夕餉に　ひとり／さんまを食ひて／涙をながすと。

この詩は1921（大正10）年秋に詠まれた「秋刀魚の歌」の一節で、「夫」は谷崎、「妻」は千代、「幼児」は2人の長女・鮎子のことだ。谷崎に裏切られ、千代との恋にも破れた佐藤は、一時は田舎に戻るほど傷心していたという。だが、小田原事件から5年後、佐藤と谷崎は和解し、さらにその4年後にようやく谷崎は離婚を決意。冒頭の声明文が発表され、晴れて佐藤は千代と結ばれたのだった。

自身も不倫をして谷崎と和解

さて、ここまでの説明だと、まるで佐藤が純愛を貫いたように思えるが、そうではない。そもそも千代に恋心を抱き始めたとき、佐藤は無名女優の米谷香代子と同棲中であり、香代子の前には別の女優・川路歌子とも同棲していたような伊達男である。

また、小田原事件後の1924（大正13）年、佐藤は赤坂の芸者・小田中タミと結婚し、周囲を驚かせたそうだ。佐藤としては、千代への思いを断ち切ろうとしたのかもしれない。しかし、1926（大正15）年には山脇雪子という女と不倫しており、結果的に、谷崎と同じく妻を傷つけているのだ。

谷崎と和解した時期は、雪子との不倫の時期と重なっている。穿った見方をすれば、和解に至った理由の中には「浮気性だった谷崎に理解を示したから」という思いも含まれているのかもしれない。ともあれ、いささか図々しくも感じられるが、タミと別れた佐藤は、細君譲渡事件を経て千代と再婚している。谷崎と千代の間にできた鮎子も引き取り、のちに千代との間にも長男が生まれ、円満な家庭を築いたそうだ。

最愛の妻・智恵子に捧げた万感の詩歌

高村光太郎《たかむらこうたろう》

小さなアトリエで育んだ智恵子との愛

彫刻家・高村光雲《たかむらこううん》の息子であり、自身も日本を代表する彫刻家・画家となった高村光太郎。詩人としても活躍し、代表作『道程』や『智恵子抄』の詩が国語の教科書にも多く掲載されていることから、今日では詩人として認識している人の方が多いかもしれない。

1941（昭和16）年に発表した詩集『智恵子抄』は、妻・智恵子と出会ってから死別するまでの30年間に渡って綴られた、智恵子にまつわる詩歌を中心に編纂されたものだ。2人が育んだ純愛は昭和の恋愛史に刻まれ、いまなお語り継がれている。

光太郎と智恵子の出会いは、1911（明治44）年12月のことだった。当時としては珍しい女性洋画家だった智恵子は、大学の同期生・柳八重に連れられ、光太郎のアトリエを

生没年月日

1883（明治16）年3月13日～
1956（昭和31）年4月2日

出身地

東京府東京市
（現・東京都台東区）

代表作

『道程』
『智恵子抄』
『典型』

プロフィル

彫刻家の父の影響で、芸術家の道を志す。一方、文学にも興味を持ち、同人『明星』への寄稿を経て、31歳で詩集『道程』を発表。最愛の妻・智恵子への思いを綴った『智恵子抄』とともに彼の代表作として知られる。

訪問。惹かれ合った2人は、1914（大正3）年に結婚している。

光太郎のアトリエは東京・駒込にあり、ここが2人の愛の巣だった。創作活動に励む傍らで互いの愛も確かめ合っていたようで『智恵子抄』には情熱的な詩も残されている。

われらの晩餐は／嵐よりも烈しい力を帯び／われらの食後の倦怠は／不思議な肉慾をめざましめて／豪雨の中に燃えあがる（「晩餐」）

をんなは多淫／われも多淫／飽かずわれらは／愛慾に光る（「淫心」）

また、光太郎の友人である室生犀星は、随筆『我が愛する詩人の伝記』のなかで2人の関係を次のように記している。

夏の暑い夜半に光太郎は裸になって、おなじ裸の智恵子がかれの背中に乗って、お馬どうどう、ほら行けどうどうと、アトリエの板の間をぐるぐる廻って歩いた。

何ともマニアックな光景だが、これは犀星によるフィクションとの見方が強い。というのも、犀星と智恵子にはとある因縁があったからだ。当時、無名だった犀星は光太郎に憧れ、何とかして仲良くなろうと足繁くアトリエに通っていた。しかし智恵子は、犀星の「あわよくば自分の詩を光太郎に推薦してもらいたい」という下心を見抜いていたのか、犀星を冷たくあしらっていたという。もしかしたら、智恵子に対する意趣返しが込められていたのかもしれない。

心を病んでいく智恵子を献身的に支える

仲睦まじい生活を続けていた光太郎と智恵子だったが、やがて智恵子は心を病むようになる。実夫の死や実家の廃業、一家離散といった不幸が重なり、1931（昭和6）年頃からは統合失調症の兆しが現れるようになったという。

大量の睡眠薬を飲んで自殺未遂を起こすなど、不安定な精神状態が続く智恵子。光太郎は、そんな彼女をすぐそばで支え、行き場のない悲しみを詩に綴った。

狂つた智恵子は口をきかない／ただ尾長や千鳥と相図する（中略）もう人間であることをやめた智恵子に／恐ろしくきれいな朝の天空は絶好の遊歩場（「風にのる智恵子」）

半ば狂へる妻は草を藉いて坐し／わたくしの手に重くもたれて／泣きやまぬ童女のやうに慟哭する／――わたしもうぢき駄目になる（中略）この妻をとりもどすすべが今は世に無い（「山麓の二人」）

そして1938（昭和13）年10月5日、智恵子は52歳でこの世を去った。最愛の妻を看取った彼は、空襲によって思い出のアトリエを失ったのち、岩手の山中に粗末な小屋を建てて約7年間の独居生活を送った。

もしも智恵子がここに居たら、／奥州南部の山の中の一軒家が／たちまち真空管の機構となつて／無数の強いエレクトロンを飛ばすでせう。（「もしも智恵子が」）

光太郎が余生を過ごした岩手県花巻市の高村山荘。

家族愛に飢え、妻を生涯愛した苦労人

室《むろ》生《う》犀《さい》星《せい》

生没年月日

1889(明治22)年8月1日～
1962(昭和37)年3月26日

出身地

石川県金沢市

代表作

『抒情小曲集』
『あにいもうと』
『戦死』

プロフィル

生後間もなく寺に預けられ、養父母のもとで育つ。29歳で『愛の詩集』『抒情小曲集』を発表し、詩人の地位を確立。その後、小説に転じて短編を中心に活躍。旺盛な執筆を続け、生涯で250冊を超える単行本を刊行した。

生母の顔を知らず、養母に虐待された幼年期

泉鏡花、徳田秋声と並び、金沢三大文豪に数えられる室生犀星。一般的に「むろう」と読まれることが多いが、室生家の正式な読みは「むろお」である。このため、犀星の孫・洲々子氏が名誉館長を務める室生犀星記念館では「むろお」を採用している。

犀星は、加賀藩の足軽頭・小畠弥左衛門吉種とその女中の間に生まれたといわれている。当時、すでに吉種は還暦を過ぎており、世間体を気にした父によって生後間もなく真言宗雨宝院に預けられたそうだ。

7歳の時、犀星は同寺の住職・室生真乗の養子となった。養母は真乗の内縁の妻・赤井ハツだが、彼女はしばしば朝から酒を飲み、酔っては犀星ら養子たちを煙管で滅多打ちに

するなどの虐待を続けていたという。生まれてすぐに捨てられ、生母の顔も知らずに育ち、養母からは虐待を受ける日々。彼の複雑な生い立ちが、その後の価値観や作風にも多大な影響を及ぼしたのは、想像に難くない。

1902（明治35）年5月、当時12歳だった犀星は、養母の命令で小学校を中退し、金沢地方裁判所で働き始めた。奇しくも裁判所の上司に河越風骨、赤倉錦風などの俳人がおり、彼らから手ほどきを受けて詩人としての道を志すようになる。その後、北原白秋の作品に強い影響を受けた犀星は、働きながら詩歌を投稿し続けた。彼の抒情詩に感銘を受けた萩原朔太郎《はぎわらさくたろう》と知り合い、終生の親友も得た。

かくして1918（大正7）年、1月に『愛の詩集』、9月に『抒情小曲集』を立て続けに発表した犀星は、哀愁に満ちた絶唱を世に解き放った。

家計を支えるために詩人から小説家に転向

2つの詩集の発表により、詩人としての地位を確立した犀星。だが、翌年からは一転して小説の執筆に明け暮れている。佐藤春夫や芥川龍之介といった同世代の作家の活躍に刺激されたようだが、最大の理由は家計のためだった。犀星は『愛の詩集』の発表後、ほどなくして同郷の浅川とみ子と結婚している。家族に恵まれなかった犀星にとって、とみ子は何ものにも代えがたい大切な伴侶だ。幸せな家庭を築くため、より高い収入を得ようと小説家として成功する道を選んだのだ。

こうして書き上げた初期三部作『幼年時代』『性に眼覚める頃』『或る少女の死まで』は、高い評価を受けることとなる。瞬く間に売れっ子作家となった犀星は、1920（大正9）年からの約6年間で多作を極め、実に短編を中心に200編近くを発表している。また、昭和期の代表作『あにいもうと』は、養母・ハツをモデルに、兄弟姉妹の複雑な愛情を描いて映画にもなった。私生活においては、おおらかで家庭的なとみ子と仲睦まじく暮らし、満ち足りた生活を送っていた。

とは言え、つねに順風満帆だったわけではない。最愛・妻のとみ子は43歳の時に脳溢血で倒れ、半身不随になっている。しかし、家族の愛を知らずに育った犀星は、家族のありがたみを痛いほど知っている。尊敬する北原が姦通罪を起こそうが、親友の朔太郎が二度の離婚をしようが、彼が家族をないがしろにすることはない。とみ子の体が不自由になってからも、約20年間、犀星は妻の介護を献身的に続けた。そんな犀星を、とみ子もまた深く愛し、娘に「お母様ほど幸せな女はいません。お父様がとても優しい人だから」と語ったそうだ。なお、犀星は評論『復讐の文学』のなかで次のように述懐している。

私は文学といふ武器を何の為に与へられたかといふことを考へる。その武器は正義に従ふことは勿論であるが、そのために私は絶えずまはりから復讐せよと命じられるのである。（中略）幼にして父母の情愛を知らざるが故のみならず、既に十三歳にして私は或る時期まで小僧同様に働き、その長たらしい六年くらゐの間に私の考へたことは遠大の希望よりもさきに、先ず何時もいかやうなる意味に於ても復讐せよといふ、執拗な神のごとく厳つい私自身の命令の中で育つてゐた。

犀星が生まれて間もなく預けられた雨宝院。

家族を愛するという行為は、不遇の幼年期に対する最大の復讐だったのかもしれない。

天才芸術家を生んだ破天荒な女流作家

岡本《おかもと》かの子《かのこ》

一つ屋根の下で夫・愛人・息子と暮らす

「芸術は爆発だ」の名言で知られる芸術家・岡本太郎《おかもとたろう》。生涯独身を貫きながらも、多くの女性と関係を持ったプレイボーイだが、そんな彼の恋愛観に多大な影響を与えたのが、作家の母・岡本かの子である。

1889（明治22）年、かの子は大貫家の長女として生まれた。大貫家は代々幕府や諸藩の御用達を生業としてきた豪商で、いわゆる良家のご令嬢である。幼い頃から徹底した教育を受けたが、女性のたしなみである家事はからっきしだったという。その代わりに、文学には強い興味を示した。家では『源氏物語』などの古典に親しみ、村塾では漢文を習い、尋常小学校では短歌を詠むような文学少女だった。

生没年月日

1889（明治22）年3月1日～
1939（昭和14）年2月18日

出身地

東京府東京市
（現・東京都港区）

代表作

『母子叙情』
『金魚繚乱』
『女の立場』

プロフィル

旧家・大貫家の長女として生まれる。与謝野晶子に師事し、10代の頃から歌人として活動。40歳の時に夫、愛人、息子とともに渡欧。帰国後、紀行文や小説を次々と執筆し、死後も多くの作品が公開された。

なかでも歌才に優れ、跡見女学校時代は学内会誌に毎号のように彼女の短歌が掲載され、16歳になる頃には『女子文壇』や『読売新聞文芸欄』に投稿。翌年には与謝野晶子に師事し、『明星』や『スバル』などに詩歌を発表するようになっていた。

学生時代のある夏、かの子は父とともに中軽井沢に出掛けた際、同じ宿にいた美術学生の紹介で、画家志望の岡本一平《おかもといっぺい》と知り合う。放蕩学生の一平は、無垢な文学少女に強く惹かれ、猛烈なアプローチを開始した。大貫家には「一生幸せにする」といった旨を記した血判状まで提出したそうで、一平の熱意に負けた大貫家は結婚を了承。こうして、かの子は3歳上の一平と結婚することとなった。

翌年には長男の太郎を出産し、青山にアトリエ付きの新居を構えた。画家として生計を立てるのが難しかった一平は、朝日新聞に入社。漫画に解説文を添えた「漫画漫文」という独自のスタイルが好評を得て、漫画記者としての地位を確立していった。これに気をよくした一平は、放蕩癖が再発して遊び歩くようになったという。

そんな夫に、かの子は強い不満を抱いた。そもそも英才教育を受けて育った彼女は、ハイカルチャーを愛する芸術志向である。そんな彼女からすると、漫画記者という生業はひどく低俗な印象を受けたのだ。価値観の相違から、やがて夫婦間には溝が生じ始めた。そんななか、かの子は早稲田大学の学生・堀切茂雄と知り合い、恋仲になった。

妻の不倫を知った一平だったが、怒ることはできなかった。自らの遊蕩が原因の一端を担っていたこともあるが、大貫家に対する引け目もあったようだ。この結果、なんと一平は2人の関係を認めたばかりか、自宅に堀切を招くことも了承。かくして、かの子、夫の一平、愛人の堀切、息子の太郎という奇妙な同居生活が始まったのだ。

岡本太郎も呆れた身勝手な放蕩

愛人との同居を許されたかの子は、たがが外れたかのように奔放な生活を送るようになった。堀切との間に2子をもうけたが、大貫実にばれて堀切とは破局。子どもは2人とも里子に出されたのち、幼くして死去している。しかし、次に慶應義塾大学予科生の恒松安夫(のちの鳥取県知事)を愛人として自宅に招くと、さらには第2の愛人として外科医・新田亀三とも同居。堀切のときよりも乱れた同居生活を敢行している。

すでに夫婦関係は破綻していたが、一平はかの子に生涯を捧げる決意していた。それは妻に対する愛ではなく、崇拝に近いものだった。というのも、相次いで子どもを亡くしたとき、かの子と一平は宗教に救いを求めたことがあった。以後、一平はかの子を吉祥天女の生まれ変わりのように崇めたのだという。後年、作家の瀬戸内晴美（寂聴）は、かの子の奔放な生涯を綴った評伝小説『かの子繚乱』を発表している。それによれば、「おとうさん（一平）は、あたしをこよなく愛しているから、あたしの愛するものまでひっくるめて大きく愛することができる」などと周囲に吹聴していたそうだ。しかし、そんな彼女も愛人たちとの関係に悩むことがあったのか、しばしば幼い太郎に恋愛相談を持ち掛けたという。1937（昭和12）年、かの子は私小説『母子叙情』を発表。その中で、大人になった太郎から手紙で説教されているが、その一節を引用しよう。

お父さんがお母さんに対する愛は大きいですが、お父さんの茫漠性が、かなりお母さんに害を与えていると思います。（中略）小児性も生まれつきでしょうが、やめにして下さい。自分の持っている幼稚なものを許して眺めていることは、デカダンです。

1938（昭和13）年、かの子は若い青年との旅行中に脳溢血で倒れ、これが原因で翌年に死亡している。鬼才・岡本太郎をして「母親としては失格」と言わしめた女流作家は、最期まで奔放な人生を過ごしたのだった。

狂った妻の一部始終を綴った病妻小説

島尾敏雄《しまおとしお》

戦争を乗り越えた夫婦に訪れる狂乱の日々

特攻隊指揮官として終戦を迎え、自身の戦争体験を描いた『出孤島記』で戦後の文壇で頭角を現した島尾敏雄。彼は『夢の中での日常』のようなシュールレアリスム小説も得意としたが、代表作を1つ挙げろといわれれば、やはり長編小説『死の棘』だろう。

同作は、1960（昭和35）年頃から執筆され、『群像』や『新潮』などの文芸誌に断続的に掲載されたのち、1977（昭和52）年に1冊の単行本としてまとめられている。

ある日、トシオ（敏雄）の不倫を知った妻・ミホ（島尾ミホ）が精神を病み、発作を繰り返すようになる。そんな妻を見て、トシオの精神も不安定になっていく——。そんな夫婦の苦悩と再生を描いた物語だが、これは敏雄の実体験に基づいた私小説である。

生没年月日

1917（大正6）年4月18日〜
1986（昭和61）年11月12日

出身地

神奈川県横浜市

代表作

『夢の中での日常』
『死の棘』
『魚雷艇学生』

プロフィル

特攻隊の指揮官として奄美に赴任し、戦後は戦争体験を綴った『出孤島記』や『出発は遂に訪れず』を発表。長編小説『死の棘』では、自身の不倫が原因で心を病む妻の姿を詳細に描き、高い評価を得た。

敏雄と妻・ミホとの出会いは、戦時下の1944（昭和19）年のことだ。九州帝国大学（現・九州大学）を卒業後、海軍少尉となった敏雄は、震洋の特攻水雷艇の指揮官として奄美群島の加計呂麻島に赴いた。ここで、国民学校の代用教員をしていたミホと知り合い、交流を深める中で愛し合うようになる。戦況が悪化するなか、敏雄にも出撃命令が出ると、ミホは敏雄の出撃を見送ってから自決する覚悟を固めた。しかし、結局出撃は行われないまま終戦を迎え、2人は1946（昭和21）年に結婚することとなった。死別の危機を乗り越えて結ばれた2人だが、『死の棘』にあるように、のちに敏雄の不倫が発覚。強い嫉妬と怒りから狂乱に陥ったミホは、不可解な言動を繰り返すようになっていく。

妻の落ち着きなさは、日に日にひどくなるようで、／「おとうさん、こんなに元気になった。いいでしょう。きょうはとても気分がいい。だんだんよくなって行くのでしょうね。もとのミホになるからね」／と言う口の下で、といでいた米をいきなりまき散らしたりした。

子どもたちの前でも暴れるようになった妻を見て、敏雄は子どもたちをミホの叔母がいる奄美大島に預け、妻の看病に専念する。しかし、症状は改善されず、医師と相談した敏雄は1955（昭和30）年、妻の実家がある奄美に移住することにした。故郷に身を置くことで、少しずつミホは回復していった。敏雄が『死の棘』の執筆を開始したのは、この奄美移住から5年目のことである。

なお、精神科病棟に入院していたミホは、ある紙を壁に貼っていたという。それは「至上命令」と題した血判状であり、内容は次の通りだ。

敏雄は事の如何を問わずミホの命令に一生涯服従す

夫の不倫に対し、離婚も自死も選ばなかったミホ。夫婦の再構築を望んだ愛は本物だが、この血判状から感じられる怒りは筆舌に尽くしがたい。

小説執筆のために自らの不倫を妻にばらした!?

『死の棘』を書き終えた敏雄は、翌年に同作で読売文学賞や日本文学大賞を受賞。その後も創作活動を続け、1986（昭和61）年、脳梗塞で死去している。夫の死後、ミホは

2007（平成19）年まで生き続けたが、人前に出る時はつねに喪服だったという。また、1990（平成2）年に『死の棘』は映画化されている。ミホ役に松坂慶子《まつざかけいこ》、トシオ役に岸部《きしべ》一徳《いっとく》を迎えた同映画は、日本アカデミー賞の主演男優賞・主演女優賞を受賞したほか、カンヌ国際映画祭で審査員グランプリに輝いている。

『死の棘』のミホが入院する慶應義塾大学病院。

なお、ノンフィクション作家の梯《かけはし》久美子《くみこ》は、晩年のミホや長男（写真家の島尾伸三氏）に取材を行い、2016（平成28）年に『狂う人「死の棘」の妻・島尾ミホ』を上梓している。ミホは敏雄の日記を盗み読んで不倫を知ったが、その後も敏雄は日記を書き続け、膨大な記録をもとに『死の棘』を書き上げた。

このことから、梯は「敏雄はあえて日記をミホが読むように仕向けた可能性がある」と分析する。もちろん、これは梯の推測だが、小説の種を求めた結果、妻を狂気に追い詰めたのだとしたら、何とも業の深い作家である。

親の脛をかじり続けたニート詩人

萩原朔太郎《はぎわらさくたろう》

父の金で30歳まで道楽三昧

憂鬱な感情を口語自由詩で綴り、高村光太郎とともに「日本近代詩の確立者」として知られる萩原朔太郎。親友・室生犀星とは「二魂一体」と評する間柄で、安易に「一心同体」などと言わないところが何とも心憎い。というのも、犀星と朔太郎は、生い立ちから性格まで何もかもが異なっていたからだ。実父に捨てられ親の愛を知らずに育った犀星とは対照的に、裕福な家庭で育った朔太郎は、親の脛をかじり続けたニート詩人だった。

1886(明治19)年、朔太郎は開業医の長男として生まれた。神経質で病弱、学校にも上手く馴染めず、1人で読書しているような子どもだった。開業医の嫡男だが、勉強が苦手で家業を継ぐつもりもない。地元の中学で落第し、熊本や岡山の高等学校でも落第した。

生没年月日

1886(明治19)年11月1日〜
1942(昭和17)年5月11日

出身地

群馬県東群馬郡
(現・群馬県前橋市)

代表作

『月に吠える』
『青猫』
『純情小曲集』

プロフィル

開業医の嫡男として生まれる。従兄・萩原栄次から短歌を学び、詩歌の道に入る。詩集『月に吠える』や『青猫』で口語自由詩を確立し「日本近代詩の父」と称された。肺炎により東京の自宅で死去。享年55。

東京に出て慶應義塾大学予科に入学するも、半年で退学し、京都大学の受験は不合格……。文才はあり、10代の頃から『明星』や『スバル』に短歌を発表していた。ただし、本腰を入れて取り組むことはなく、生活費を稼ぐには至らない。親の金で娯楽に興じる、自堕落な日々を過ごした。

犀星と出会ったのは、ちょうどこの頃だ。1913（大正2）年、北原白秋主宰の文芸誌『朱欒』に掲載された犀星の詩を読んで感動。彼に手紙を送ったことがきっかけで交流が始まり、以後、犀星は生涯の友となる。しかし、その後も若い歌人たちが指導的立場につくのを横目に見ながら、朔太郎は自宅の味噌蔵を改造した書斎で趣味のマンドリンを奏でるという暮らしを続けていた。

そうこうしている間に三十路を過ぎ、周囲の目も厳しくなってきた。さすがに、このままではまずいと感じた朔太郎は、詩集出版に向けて重い腰を上げた。そして1917（大正6）年、記念すべき第一詩集『月に吠える』が自費出版で刊行された。

地面の底に顔があらはれ、／さみしい病人の顔があらはれ。（「地面の底の病気の顔」）

みんなそつとしてくれ、／そつとしてくれ、／おれは心配で心配でたまらない、／たとへどんなことがあつても、／おれの歪んだ足つきだけは見ないでおくれ。(「危険な散歩」)

自堕落な日々を送るなかで溜め込んだ陰鬱な感情は、口語自由詩の絶唱へと昇華された。なお、この詩集の跋文《ばつぶん》は犀星に依頼したのだが、原稿を持って上京した朔太郎はビアホールで泥酔。なんと原稿と犀星の跋文を紛失している。このため、犀星に跋文の書き直しを依頼するという失態を犯している。

ともあれ、『月に吠える』で詩壇に風穴を開けた朔太郎は、翌年に『愛の詩集』を発表した犀星とともに、『秀才文壇』の特集で新詩人として紹介されることとなった。

朔太郎を溺愛する母が嫁に嫉妬?

1919(大正8)年、朔太郎は33歳の時に金沢藩士の娘・上田稲子と結婚している。朔太郎には4人の妹がいるが、いずれも容姿の整った評判の美人姉妹だった。結婚後も妹たちを可愛がり、犀星や芥川龍之介らと軽井沢に出掛けた際は、妻の稲子ではなく二妹・ユキと四妹・アイを連れて行ったという。稲子は朔太郎の母や妹たちと不仲だったといわれている。母・ケイは朔太郎を溺愛するあまり、嫁の稲子を萩原家の一員として認めなかったようだ。朔太郎もそんな状況を知りながら、仲裁に入ろうとしなかった。

これでは愛想を尽かされても仕方ない。1929（昭和4）年、稲子は朔太郎のもとを去り、結婚生活は10年で破綻している。朔太郎は2人の娘を引き取って帰郷したが、翌年に父が他界。父の遺産で東京に移り住み、母、四妹、娘らと暮らし始めた。

なお、後輩詩人・三好達治は、四妹のアイに惚れており、何度も求婚している。その結果、アイは夫・佐藤惣之助《さとうそうのすけ》と死別した際に三好の求婚を受け入れたことがあった。朔太郎と三好、2人の近代詩人が義兄弟になったわけだが、ほどなくして三好は性格の不一致からアイに暴力を振るうようになり、わずか数年で離婚している。

さて、一度も定職に就いたことがなかった朔太郎だが、1934（昭和9）年、明治大学文芸科の講師となり、48歳でようやく安定収入を得るようになった。1938（昭和13）年には白秋の紹介でふた回り以上も年下の娘・美津子を内縁の妻とするが、翌年に破局。五十路を越えても、かつて原稿を紛失したときのような酒癖の悪さは変わらず、泥酔を繰り返しては周囲を呆れさせるなど、悠々自適な生涯を送った。

姦通罪で逮捕された耽美派の巨匠

北原白秋《きたはらはくしゅう》

生没年月日

1885(明治18)年1月25日～1942(昭和17)年11月2日

出身地

熊本県玉名郡

代表作

『邪宗門』
『桐の花』
『雀の卵』

プロフィル

芸術家集団「パンの会」を結成し、耽美主義運動を展開。『邪宗門』『思ひ出』に代表される、異国情緒と官能性にあふれた詩を発表。後年は自然を賛美する作風に転じ、童謡・民謡にも数々の名作を残した。

名声を手にした直後に発覚したスキャンダル

明治末期の1909（明治42）年、処女詩集『邪宗門』を発表した北原白秋。異国趣味を華麗な言葉で綴った象徴詩で華やかな詩壇デビューを飾り、以後、同時期に台頭した三木露風とともに「白露時代」が訪れることとなった。

しかし、デビュー早々に白秋は実家への帰省を余儀なくされる。その理由は、酒造を営む実家が破産してしまったからだ。北原家は江戸時代から続く商家で、父・長太郎の代は酒造を中心に財を成していた。ところが、1901（明治34）年3月、沖端（現・福岡県柳川市）大火によって北原家は酒蔵・店舗が全焼。残ったのは母屋の一部のみであり、これ以降、北原家の経営は大きく傾き始めていた。

　こうした状況下で、白秋は1911（明治44）年に二作目となる『思ひ出』を発表。故郷柳川と破産した実家に捧げられた名詩の数々は、詩人・上田敏《うえだびん》から激賞されるなど高く評価された。名声を広めた白秋は、翌年に家族を東京に呼び寄せ、一家の大黒柱となった。

　しかし同年、その名声はあるスキャンダルで地に墜ちる。なんと白秋は、人妻との姦通罪で逮捕されてしまったのだ。事件から遡ること2年前、当時青山に住んでいた白秋は、隣に住む松下俊子と出会っている。俊子の夫は日頃から暴力や暴言を繰り返していたという。耐えられなくなった俊子は別居し、同情した白秋は彼女を慰めるなかで肉体関係を持つようになった。

　1947（昭和22）年まで存在していた姦通罪は、妻が不貞を働いた際、夫の告訴によってその妻と相手の男が処罰されるというものだった。別居中とはいえ、まだ離婚が成立していない白秋の情交は

北原白秋

明らかな処罰対象だ。

俊子の夫は、人気作家の白秋に対して高額の示談金を要求。支払いに応じたものの、彼のスキャンダルは新聞にも大々的に報じられ、一時期は自殺も考えるほどだったという。

しみじみと　涙して入る　君とわれ　監獄《ひとや》の庭の　爪紅《つまぐれ》の花

これは、未決監（刑が確定する前の未決囚を収容する監獄）に勾留されていた白秋が詠んだ歌だ。その後、夫と別れた俊子と結婚したが、新婚生活を始めてすぐに俊子がわがままな女であることに気がついた。結果、1914（大正3）年7月に俊子と別れ、彼は名声を取り戻すべく創作活動に勤しんだ。

困窮時代を支えた2番目の妻

1916（大正5）年、白秋は女流詩人の江口章子《えぐちあやこ》と再婚している。章子は俊子と異なり、自分の着物を売って生活費に充てるなど、極貧生活の白秋を支えた良妻だった。傑作歌集『雀の卵』は、章子の支えなくしては完成しなかったといわれており、冒頭の序文にも当時の様子が綴られている。

> 私は覚悟した。妻も覚悟した。餓死が目前に迫っている。それはいゝ、然し私達の背後をふりかへると、そこには肉親の両親がある、弟がある、妹がある。私は血を吐く思をした。妻は日に日に痩せていった。

しかし翌年、住宅の隣に山荘を新設した際の宴が豪華だったことから、白秋に金銭的な支援をしていた親族が不満を抱いた。矛先は妻の章子に向かい、ショックを受けた彼女は出奔してしまう。その後、章子は新聞記者の男と一夜を過ごし、親交のあった谷崎潤一郎夫妻の家に身を寄せた。章子に執着していた白秋は、谷崎とも不仲になったばかりか、章子を取り戻すことができずに二度目の離婚に至っている。

恋心から始まった二度の結婚生活は、どちらも失敗に終わった。しかし、1921（大正10）年に見合い結婚した3番目の妻・佐藤菊子は、料理上手で家庭的な女だった。ようやく落ち着ける伴侶と巡り合った白秋は、創作意欲も向上。作曲家・中山晋平《なかやましんぺい》との出会いによって『あめふり』などの数多の童謡の作詞を残し、活動の幅を広げていった。

「夏目漱石の婿」の座を目論んで失敗した男

久米正雄《くめまさお》

―――生没年月日―――

1891(明治24)年11月23日～1952(昭和27)年3月1日

―――出身地―――

長野県小県郡(現・長野県上田市)

―――代表作―――

『牛乳屋の兄弟』
『蛍草』
『破船』

―――プロフィル―――

第三次『新思潮』を創刊後、夏目漱石の門下に加わる。漱石の長女・筆子との縁談が持ち上がるも、のちに破談。筆子は友人の松岡譲と結ばれ、この一件をもとに執筆した『蛍草』や『破船』がヒット作となった。

小説で勇み足をして漱石夫人の怒りを買う

私の父は私が八歳の春に死んだ。しかも自殺して死んだ。

これは、久米正雄の私小説『父の死』の冒頭文だ。久米の父は小学校の校長をしていたが、1898(明治31)年、小学校が火事になった際、明治天皇の肖像が燃えてしまった。この責任をとり、自宅で割腹自殺している。

家長を失った久米だったが、勉学に励んだ彼は東京帝国大学(現・東京大学)に入学。在学中、第三次『新思潮』の創刊に関わり、戯曲『牛乳屋の兄弟』で劇作家として認められた。1915（大正4）年、久米は親友の芥川龍之介とともに夏目漱石《なつめそうせき》のもとを訪れ、最後の門下生となった。しかし、漱石は翌年の年末に急死してしまう。

師の葬儀を手伝ったあとも、夏目家に出入りしていた久米は、漱石の長女・筆子に恋をした。しかし、そこには邪心があったと指摘する評論家もいる。その邪心とは、筆子と結婚して夏目家の娘婿になれば、裕福な暮らしができるというものだ。

真相は定かでないが、漱石夫人・鏡子に結婚を願い出ると「筆子が同意するならば認める」との言質を得た。筆子は同門で『新思潮』のメンバーでもある松岡譲《まつおかゆずる》を好いていたが、鏡子は松岡よりも久米との結婚を考えていたという。そんななか久米は、あたかも自分と筆子が結ばれているかのような内容の小説を発表し、これが鏡子の怒りを買ってしまう。結果、久米は夏目家を出入り禁止となり、婿入りの夢は露と消えた。

1923（大正12）年、久米は元芸妓の奥野艶子と結婚している。その後、私小説こそが純文学の真髄だと提唱したが、自身は通俗小説を書くことの方が多かった。結婚後、愛人がいた時期もあり、私小説を書き進めたこともあったが、中絶している。過去に自身の小説で鏡子を怒らせた一件が頭をよぎったのか、はたまた愛妻に配慮したのか。いずれにしても、愛人関係を公表するような小説を書くことはなかった。

認知症の妻との生活を描いた晩年の秀作

耕治人《こうはると》

——生没年月日——
1906(明治39)年8月1日〜
1988(昭和63)年1月6日

——出身地——
熊本県八代市

——代表作——
『一条の光』
『天井から降る哀しい音』
『そうかもしれない』

——プロフィル——
詩人・千家元麿に師事したのち、小説家に転向して私小説を執筆。長く不遇の時期が続いたが、64歳の時に『一条の光』で読売文学賞を受賞。晩年に上梓した「命終三部作」は遺作であると同時に代表作となった。

世渡り下手の夫を支え続けた妻・ヨシ子

私小説作家の耕治人は、晩年に上梓した「命終三部作」(『天井から降る哀しい音』『どんなご縁で』『そうかもしれない』)で一躍注目を集めた。

同シリーズは、認知症を患った妻と、その妻を介護する耕の生活を描いた私小説だ。4歳下の妻・ヨシ子に認知症の兆候が現れたのは、喜寿を超えた頃だった。当初は、買い物から帰宅した際に購入した商品を店に置き忘れる、といった軽いものだった。しかし、やがて家の鍵や財布を紛失するようになる。料理をすると、鍋を真っ黒に焦がす失敗が増え始め、ボヤを出したことを機に、台所に火災報知器を設置した。『天井から降る悲しい音』とは、この火災報知器の警報音を意味している。

ヨシ子の症状が深刻になるにつれて、耕の不安感は強まっていく。

結婚以来家内の温かい庇護のもとに、のうのうと暮らしてきた私は裸で放り出されたのを感じた。（『天井から降る哀しい音』）

耕治人

ジェンダーレスが叫ばれて久しい昨今だが、いまなお家事の多くを妻に任せている夫は多いのではないだろうか。耕と似たような境遇に陥ったら、彼と同じ不安を抱くかもしれない。

ただし、耕のいう「家内の温かい庇護」とは、決して演出上のお世辞ではない。耕治人という男は、周囲が呆れるほどの世渡り下手だった。

耕は明治学院大学を卒業後、詩人・千《せん》

家元麿《げもとまろ》に師事して詩作を始めた。1930（昭和5）年には『耕治人詩集』を上梓したが、詩人で生活していくことに限界を感じるようになった。ヨシ子と結婚したのもこの頃で、出会いは勤務先である『主婦之友』編集部、いわゆる職場結婚だった。その後、ヨシ子は当時としては高給の鎌倉文庫に勤め、耕は執筆活動に専念。鎌倉文庫の倒産後は、茶道や生花の出張教授をするなどして、貧乏作家の耕を支えていたのだ。

また、編集経験を持つヨシ子は、耕の敏腕マネジャーでもあった。口下手で、ご近所付き合いはおろか、編集者との会話においても重い空気を漂わせたという耕。そんな夫をことあるごとにサポートしていた。締め切りぎりぎりで原稿を書き上げた際には、力尽きて寝てしまった夫に変わって、手土産を持参した上で彼女が編集部に原稿を届けた。掲載号が発売されると、再び手土産を持って編集を訪れ、お礼を述べることもあった。妻なしでは何もできない耕を、周囲は「ヨシ子のヒモ」と皮肉混じりに揶揄したそうだ。

妻を介護しながら「命終三部作」を執筆

妻に依存していたと言っても過言ではない耕。そんな妻が、認知症に陥った。

かつて耕は、精神を病んで自殺未遂を起こしたことがあった。川端康成の妻の弟・松林喜八郎が住む場所を探していた際、耕は自分たちが借りていた土地の一部を貸している。しかし、金に困っていた耕は、やがて松林に借金を申し込むようになった。こうした事情から松林との仲は険悪になるが、精神が不安定だった耕は、いつしか「松林に土地を奪われた」という妄想を抱くようになる。結局、被害妄想から裁判まで起こした耕は敗訴したが、言動がおかしくなった彼を、ヨシ子は献身的に介護した。神経科に入院したときも、足繁く病室に通ったという。

こうした過去を思い出し、「今度は自分が妻を介護する番なのだ」と耕は決意した。症状が悪化し、妻が失禁した際に後始末をすると、妻からは「どんなご縁で」と尋ねられた。施設に入所する時に、スタッフが耕を「ご主人ですよ」と説明した時には、妻から返ってきたのは「そうかもしれない」だった。

こうした印象的な言葉をタイトルに据え、耕は妻を介護する傍らで命終三部作を書き上げた。『そうかもしれない』の執筆時、耕の体はガンに蝕まれており、この絶作が注目を集めた時、すでに耕はこの世を去っていた。ヨシ子が亡くなるのは、夫の死から14年後、92歳という大往生であった。

亡き母と同名の女に運命を感じて結婚

泉鏡花《いずみきょうか》

生没年月日
1873(明治6)年11月4日〜1939(昭和14)年9月7日

出身地
石川県石川郡(現・石川県金沢市)

代表作
『外科室』
『高野聖』
『婦系図』

プロフィール
18歳で尾崎紅葉に師事し、翌年に『冠弥左衛門』で文壇デビュー。巧みな文体で浪漫と幻想の世界を展開。明治、大正、昭和にかけて『高野聖』『婦系図』『歌行燈』『日本橋』などの名作を生み出し続けた。

別れを命じた紅葉に隠れて秘密の交際

彫金師の父・清次の長男として生まれた泉鏡花。母の鈴は葛野流大鼓師・中田猪之助の娘で、鏡花が9歳の時に他界している。亡き母に対する思いは強く、浪漫派作家として活躍した彼の作品の基底には、母に対する憧憬が見え隠れしている。

15歳の時、尾崎紅葉の『二人比丘尼色懺悔』を読んで衝撃を受けた鏡花は、18歳で上京して紅葉の門下に入った。当時、紅葉は多くの門下生を抱えていたが、鏡花の非凡な文才を見抜き、目を掛けていた。のちに鏡花、徳田秋声、小栗風葉《おぐりふうよう》、柳川春葉《やながわしゅんよう》の4人は紅葉門下の四天王と呼ばれたが、なかでも鏡花は一番弟子と言える存在だった。

『夜行巡査』や『外科室』を発表し、期待の新人作家となった彼は、ある時、紅葉が結成した文学集団・硯友社の宴会に出席し、芸妓の桃太郎（伊藤すず）と出会った。亡き母と同じ名のすずに運命を感じ、やがて2人は同棲するようになった。結婚も意識していたが、これに紅葉は猛反対。この時、すでに紅葉はガンに冒されていたが、病床に鏡花を呼び出すと、すずと別れるように命じた。

師の言葉に従い、1903（明治36）年4月にすずと別居。だが、紅葉に内緒で交際を続けていた鏡花は、同年10月に紅葉が急逝すると、すずと結婚している。彼は心の底から紅葉を尊敬していたが、恋愛至上主義者でもあった。いくら師の命令とは言え、すずとの関係を断ち切るつもりはなかった。

しかし、文学において紅葉を裏切ることはなく、擬古典主義を継承して華麗な浪漫主義へと昇華させている。一方、同門の徳田秋声は紅葉の死後に自然主義に転じ、鏡花は彼を生涯許さなかったという。

後年、紅葉全集を編纂するため、鏡花と秋声は顔を合わせたことがあった。しかし、秋声の「紅葉先生は甘いものばかり食べたから胃ガンになった」との言葉に激高。秋声に飛びかかり、殴りつけたという。悪気がなかった秋声は、旧友からの暴行に衝撃を受け、その場で泣き出したそうだ。

娼婦だった妻の素性を隠そうとした老大家

坪内逍遙《つぼうちしょうよう》

生没年月日

1859(安政6)年6月22日〜1935(昭和10)年2月28日

出身地

美濃国加茂郡（現・岐阜県美濃加茂市）

代表作

『小説神髄』
『当世書生気質』

プロフィル

近代小説の理論書『小説神髄』で心理的写実主義を提唱。実践作『当世書生気質』や『細君』を発表して世に問いかけた。このほか『早稲田文学』の刊行や評論、演劇、翻訳など近代文学の啓蒙に尽力した。

行きつけの遊郭で出会った娼婦と恋に落ちる

小説改良の気運が高まるなか、1885（明治18）年に評論『小説神髄』を発表し、小説を芸術の一ジャンルとして明確に規定した坪内逍遙。同年には自身の理論の実践を試みた小説『当世書生気質』も執筆し、近代文学の誕生に多大な貢献をした人物だ。小説は1889（明治22）年の『細君』を最後に筆を置いたが、以降はシェイクスピアや近松門左衛門などの演劇の分野で活躍した。また、1882（明治15）年には、大隈重信らとともに早稲田大学の前身となる東京専門学校を創立。1891（明治24）年には文芸誌『早稲田文学』を創刊するなど、多方面で活躍している。

そんな文壇の重鎮・逍遙だが、私生活では妻の素性を極力隠そうとしていた。というのも、逍遙の妻・センは娼婦出身だったからだ。1884（明治17）年、東京専門学校の講師をしていた逍遙は、当時根津にあった遊郭に通っていた。ここで花紫という娼婦と恋に落ち、2年後に結婚している。この花紫がセンであり、旧西条藩士で銀行員・鵜養常親の養女に入籍したのちに妻として迎え入れている。

芸者（芸妓）が必ずしも肉体関係を伴わないのに対し、娼婦（娼妓、遊女）は春を売ることを生業としている。当時、芸者を妻にする著名人はいたが、娼婦を妻にする著名人は稀だったのだ。このため、逍遙は妻が娼婦だったことを隠したそうだが、半ば公然の秘密だったようだ。

なお、妻としてのセンは、家庭を守り、夫に尽くした、まごうことなき良妻だった。子宝にこそ恵まれなかったが、養子と養女1人ずつを招き、育て上げている。ただし、養子・士行《しこう》（逍遙の兄・義衛の三男であり、血縁上の甥）は、奔放な女性関係が逍遙の怒りに触れ、のちに養子縁組を解消されている。逍遙としては、血のつながりのない養女・くにと結婚させるつもりだったようだ。ちなみに、士行は宝塚歌劇団1期生の雲井浪子《くもいなみこ》と結婚しており、2人の間に生まれたのが、のちに大映の看板女優やタレントとして活躍することになる坪内《つぼうち》ミキ子《こ》である。

再婚同士の両親、謎に包まれた出生

国木田独歩《くにきだどっぽ》

生没年月日

1871(明治4)年7月15日～
1908(明治41)年6月23日

出身地

宮谷県海上郡
(現・千葉県銚子市)

代表作

『武蔵野』
『牛肉と馬鈴薯』
『竹の木戸』

プロフィール

『国民新聞』の記者として日清戦争に従軍。ルポルタージュを発表し、記者として名を上げる。その後、小説家に転向して『武蔵野』や『初恋』を発表したほか『民声新報』や『東洋画報』の編集長を歴任した。

国木田独歩の戸籍は改竄された⁉

近代的自然描写に関心が強まるなか、1901（明治34）年に『武蔵野』を発表して散文詩風自然文学を生んだ国木田独歩。彼にはいわゆる「出生の秘密」があり、文壇研究においても、いまなお謎に包まれている。

通説では、旧幡洲龍野の藩士・国木田専八と淡路まんの子どもだといわれている。しかし、まんの生家である淡路家の戸籍簿には、亀吉（独歩の幼名）はまんと政治郎という男の長男という記載がある。政治郎の死後、まんは専八の籍に入り、同時に亀吉も養子として籍に加わっている。その後、亀吉は庶子に改められたのち、さらに専八の三男を廃嫡して嗣子となった。なお、専八には龍野に妻子がいたが、まんと入籍するにあたって妻・とくと離婚している。何ともややこしい話だが、ようするに独歩には「専八とまんの子説」と「政治郎とまんの子説」があるのだ。

戸籍に記載されている以上、後者が正しいように思える。だが「専八が実子を廃嫡して、まんの連れ子を嗣子にするのは不自然」との指摘があり、どうやら「戸籍に作為がほどこされた」との見方が強いようだ。

なお、独歩自身の妻子も少しばかり複雑で、最初の妻・佐々城信子とは駆け落ち同然に結婚したが、貧乏文士だった独歩との暮らしに愛想を尽かし、わずか5ヵ月で信子は出奔。その後、2人目の妻・榎本治との間に2男2女をもうけている。ただし、のちに信子が独歩の子（女児）を出産していたことが明らかになり、生後間もなく里子に出されたという。

また、信子に出奔された独歩は、一時期京都の寺に身を寄せていた。ここで、近所の娘と関係を持って男児が生まれたという噂もあるが、真偽のほどは定かでない。

独歩の死後、彼の日記『欺かざるの記』が出版されたが、自身の出生や両親の結婚について触れた記述はほとんど見られない。ただ、1894（明治27）年1月1日に「昨夜母（まん）と語り、祖母（まんの母）と母との悲しい事実を聞き、隠れて泣いた」といった旨の記載がある。具体的な内容は不明だが、独歩自身は事情を知っていたのかもしれない。

海外文豪の家族との逸話

女装させられていたヘミングウェイ

『武器よさらば』『老人と海』など数々の代表作を持つアーネスト・ヘミングウェイ（1899〜1961年／アメリカ）。彼が生まれたとき、母は「女児が欲しかったから」という理由で、幼少期は女装させられていたという。周囲からもからかわれ、幼心に母を強く恨んだという。大人になってからも母に対する感情は変わらず、母が亡くなったときの葬儀も出席を拒否している。ちなみに、彼の孫娘、マリエル・ヘミングウェイとマーゴ・ヘミングウェイは、どちらも女優である。

『アクロイド殺し』や『オリエント急行の殺人』などの作品で知られ、「ミステリーの女王」と称される女性推理作家アガサ・クリスティ（1890〜1976年／イギリス）は、1914年に空軍将校のアーチボルトと結婚。しかし、夫の浮気に愛想を尽かして離婚したのち、14歳年下の考古学者と再婚した。再婚理由について、冗談交じりに「考古学者なら、古いものほど価値を見出してくれるから」と答えたというユーモア溢れる逸話が残されている。

作家のL・M・モンゴメリ（1874〜1942年／カナダ）は、2歳の時に母を亡くし、祖父母に預けられている。祖父母は支配的な性格で、厳しいしつけを受け続けたほか、親族からも悪口を言われながら育ったという。のちに彼女は『赤毛のアン』シリーズで大人気作家となるが、彼女の経験は「孤児の少女・アン」の境遇や性格にも強い影響を与えている。

第4章

文豪の情緒

幻聴と被害妄想に苦しんだ巨匠

夏目漱石《なつめそうせき》

一目惚れした女性に抱いた結婚の妄想

森鷗外と並び、近代日本文学の頂点に立つ巨匠・夏目漱石。彼の処女作は1905(明治38)年から連載を始めた『吾輩は猫である』だ。当時38歳であり、遅いデビューのようにも思える。しかし、そもそも漱石は作家志望だったわけではない。彼が創作を始めた理由のひとつは「神経衰弱の治療の一環」だった。

明治維新を控えた1867(慶応3)年、漱石は江戸の牛込馬場下(現在の新宿区喜久井町)に生まれた。実家は周辺一帯を治めていた名主だったが、浪費癖のあった祖父が散財し、一時は家財が傾きかけたこともあったそうだ。

そうした事情もあったのだろうか。五男三女の末子だった漱石は、生後間もなく古道具

生没年月日

1867(慶応3)年2月9日～
1916(大正5)年12月9日

出身地

武蔵国江戸牛込
(現・東京都新宿区)

代表作

『吾輩は猫である』
『坊っちゃん』
『こゝろ』

プロフィル

大学講師をする傍らで、38歳の時に連載を始めた『吾輩は猫である』で文壇デビュー。その後、職業作家に転向し、朝日新聞の専属となる。約10年間という短い作家人生で後世に残る名作を多く発表した。

屋の里子に出された。里親の面倒見が悪く、このときはすぐに家に戻ったが、2歳の時に四谷の名主・塩原家の養子となっている。しかし、養父母の離婚をきっかけに9歳で再び生家に戻り、21歳まで塩原姓を名乗り続けている。

当時について、漱石は「私は普通の末っ子のように決して両親から可愛がられなかった」と述懐している。幼少期に家を転々とした彼は、生真面目で優秀だったものの、自責的で不安定になりやすかったそうだ。

学業に励んだ漱石は、第一高等学校（現・東京大学）を卒業。ほとんどの教科で首席をとり、とくに英語の成績は頭抜けていたという。生涯の友人となる俳人・正岡子規《まさおかしき》と出会ったのもこの頃で、子規の影響を受けた彼は、漢文の旅行記『木屑録』を綴っている。子規に見せたところ絶賛され、当時から文才にも恵まれていたようだ。

漱石の心に、理由のない不安感が押し寄せるようになったのは帝国大学（現・東京大学）入学後のことだ。少しずつ精神が病んでいった彼は、27歳の時に明らかな異常が見られた。眼科の待合室で見かけた女に一目惚れすると、会話すらしていないのに「彼女と彼女の母は自分との結婚を願っている」という妄想を抱いた。実家の兄に、自分に縁談があるはずだと問い詰め、否定された漱石は激高したという。

漱石も自身の異常に気づいていたのか、1895（明治28）年、環境を変えるために松山に移ると、少しずつ改善されていった。翌年には貴族院書記官長の娘・中根鏡子と結婚し、安定した精神状態が続くようになった。

主人公に投影された執筆時の症状

1900（明治33）年、国費留学生としてロンドンに留学したが、慣れない異国生活によって彼の精神状態は再び悪化した。下宿先の家主に被害妄想を抱き、短期間で下宿先を転々とした。最終的に部屋に籠もるようになり、「漱石が発狂した」との噂が流れたという。

1903（明治36）年4月、帰国した漱石は第一高等学校と東京帝国大学の講師になった。しかし、5月のある講義中に態度の悪かった生徒を叱責したところ、数日後にその生徒が自殺してしまった。自殺の理由は、哲学的な悩みや失恋が理由だったとする説が濃厚だ。とはいえ、タイミング的に「漱石が死に追いやった」という噂が囁かれるようになり、ほどなくして彼は神経衰弱を患うようになった。

そんな彼に、俳句仲間の高浜虚子《たかはまきょし》が治療の一環として小説の創作を勧め、こうして生まれたのが『吾輩は猫である』というわけだ。「吾輩」という尊大な一人称を用いる猫が語り部を務めるユニークな作品で、この猫が転がり込んだ家の主人・英語教師の珍野苦沙弥《ちんのくしゃみ》は、漱石がモデルだ。漱石作品の特徴として、精神状態が悪い時に執筆した作品は、その主人公にも同様の症状が見受けられることが多い。漱石は幾度となく幻聴に苦しめられたが、苦沙弥も幻聴を聞くようなシーンがある。

ある時、苦沙弥が家にいると、外から自分の悪口が聞こえてきた。

主人は大に逆鱗の体で突然起ってステッキを持って、往来へ飛び出す。（中略）吾輩は主人のあとを付けて垣の崩れから往来へ出てみたら、真中に主人が手持無沙汰にステッキを突いて立っている。人通りは一人もない、ちょっと狐に抓まれた体である。

幻聴の描写は二作目の『坊っちゃん』や晩年の代表作『こゝろ』にも散見され、長年に渡って苦しんだことが窺える。家庭においても「女中が悪口を言っている」とわめきちらし、ときには被害妄想から幼い子どもに暴力を振るうこともあった。多くの日本人に愛された作品の舞台裏には、精神を病みながら執筆を続ける漱石の姿があったのだ。

スランプ下で不倫に走り情死を選ぶ

有島武郎《ありしまたけお》

——生没年月日——

1878(明治11)年3月4日〜
1923(大正12)年6月9日

——出身地——

東京府東京市
(現・東京都文京区)

——代表作——

『カインの末裔』
『生まれ出づる悩み』
『或る女』

——プロフィル——

画家・有島生馬、作家・里見弴の兄。31歳の時に文芸誌『白樺』に加わり、農学校の講師をしながら創作活動を行う。『或る女』がベストセラーとなったほか、『惜みなく愛は奪ふ』『宣言一つ』などの評論も残した。

軽井沢心中事件

山荘の夜は一時を過ぎた。雨がひどく降つてゐる。私達は長い路を歩いたので濡れそぼちながら最後のいとなみをしてゐる。森厳だとか悲壮だとかいへばいへる光景だが、実際私達は戯れつつある二人の小児に等しい。愛の前に死がかくまで無力なものだとは此瞬間まで思はなかった。恐らく私達の死骸は腐爛して発見されるだらう。

これは、有島武郎が親友・足助素一（出版社・叢文閣社長）に送った遺書の一節だ。

1923（大正12）年6月9日、軽井沢三笠ホテルの別荘「浄月庵」で、武郎は愛人の波多野秋子《はたのあきこ》と情死した。彼らが発見されたのは同年7月7日。避暑地とはいえ、夏場に約1ヵ月放置された彼らの遺体は、遺書で予見した通り腐乱が進んでいた。顔もよくわからないほどだったが、残された遺書から武郎たちであることがわかった。

武郎は、薩摩藩出身の官僚の家に生まれ、五男二女の長男である。二男は画家の有島生馬で、四男は作家の里見弴だ。両親から厳しくしつけられた武郎は、真面目で成績優秀な少年だった。学習院予備科では、皇太子（のちの大正天皇）の学友に選ばれている。当時から文学書を読みあさり、小説家に憧れた。しかし、両親の許しは得られないと判断し、農業の道を進むことにした。札幌農学校を経て欧米諸国に留学、帰国したのは1907（明治40）年、すでに29歳になっていた。

農学校の講師に就職が決まり、父の紹介で陸軍中将の二女・安子と結婚した。だが、小説家の夢をあきらめきれなかった武郎は、1910（明治43）年、文芸

有島武郎旧邸。妻が病に倒れたため実際に暮らしたのは1年足らずだった。

雑誌『白樺』の最年長メンバーとして参加。翌年から『或る女のグリンプス』を連載し、農学校の講師と並行して創作活動を開始した。

1914（大正3）年、肺結核を患った妻の転地療養にともない、札幌から鎌倉に転居。しかし、病状が悪化した安子は1916（大正5）年8月に死去している。また、同年12月には父も死去。相次ぐ家族の死は衝撃も大きかったが、転機でもあった。これより武郎は職業作家となり、1919（大正8）年、『或る女のグリンプス』を改稿した『或る女』がベストセラーとなった。ところが、旺盛だった創作意欲はすぐに衰え、武郎はスランプに陥った。周囲には才能の枯渇を仄めかしていたという。

愛は与えるものではなく奪うもの

中央公論社の雑誌記者・波多野秋子と関係を持ったのは、ちょうどこの頃だった。ほどなくして秋子の夫・波多野春房に露見し、武郎と秋子は会わないことを誓う。しかし、体だけでなく心も通じ合っていた2人は再び関係を持ち始めた。誓いを破った武郎に対し、春房は多額の示談金を払うか、それとも姦通罪で逮捕されるかと詰め寄ったという。

悩んだ末、武郎が選んだのは秋子との情死だった。彼は評論『惜みなく愛は奪ふ』の中で、自身の恋愛観を次のように述べている。

愛の表現は惜みなく与えるだろう。然し愛の本体は惜みなく奪うものだ。

スランプに陥っていたとはいえ、当時の武郎には十分な資産があり、示談金を払うことも可能だったはずだ。それにもかかわらず死を選んだのは、情死をもって自身の思想を実践したかったのかもしれない。

彼は足助以外にも複数に宛てた遺書を残しており、そのなかには「私のあなた方に告げ得る喜びは、死が外界の圧迫によつて寸毫も従はされてゐないといふことです。私達は最も自由に歓喜して死を迎へるのです。」といった記述も見られる。

さて、武郎の心中が報じられると、春房は2人を心中に追いやった悪人として世間から非難されるようになる。だが、春房が武郎を脅迫したという話は、あくまでも武郎が親友の足助に語った言い分であり、事実かどうかは不明である。後年、春房は再婚しても秋子のことが忘れられず、彼の机の上には秋子の遺影が飾られていたそうだ。

死へと誘った「ぼんやりとした不安」

芥川龍之介《あくたがわりゅうのすけ》

——生没年月日——

1892（明治25）年3月1日〜
1927（昭和2）年7月24日

——出身地——

東京府東京市
（現・東京都中央区）

——代表作——

『羅生門』
『地獄変』
『藪の中』

——プロフィル——

同人、第三次・第四次『新思潮』で短編を発表するなか『鼻』が夏目漱石に激賞され、文壇に姿を現す。江戸物、キリシタン物、開花物など幅広い題材を扱う。晩年は精神を病み、35歳で服毒自殺している。

物心がついたとき、すでに母が発狂していた

新思潮派を代表する作家・芥川龍之介。神経衰弱を患い、「唯ぼんやりとした不安」を抱いて服毒自殺をしたことでも知られる短編小説の雄だ。

芥川は1892（明治25）年、現在の東京都中央区に生まれた。父は牛乳販売業を営んでおり、「日本資本主義の父」こと渋沢栄一の信頼も得ていたという敏腕実業家だった。裕福な家庭だったが、彼は生まれてすぐに不幸に見舞われる。

僕の母は狂人だった。僕は一度も僕の母に母らしい親しみを感じたことはない。

自叙伝風小説『点鬼簿』にも記された通り、母フクは芥川を生んだ7ヵ月後に統合失調症を発症している。このため、芥川は母とともに実家に預けられた。なお、フクの実家が芥川家であり、のちに叔父・芥川道章（フクの実兄）の養子となった彼は、芥川姓を名乗ることとなった。

彼曰く、フクは「もの静かな狂人」だった。彼女は実家の二階に閉居していたが、ときおり芥川は訪れ、絵を描いて欲しいとねだると、なぜか必ず狐の絵を描いたという。このため狐憑きが疑われ、祈祷師を呼んでお祓いしてもらったこともあったという。

芥川家は幕府の茶礼・茶器をつかさどった数寄屋坊主の家系だ。江戸の文人的趣味が残り、美術や文学を愛する家だった。彼もまた、幼い頃から草双紙などを読んで育ち、小学校に上がる頃には江戸文学にも親しんだ。こうした体験が、古典を題材とした初期の作風に現れたのかもしれない。

その後、第一高等学校（現・東京大学）に入学。同級生には菊池寛や久米正雄、山本有《やまもとゆう》三《ぞう》といったのちの文豪たちと交流し、東京帝国大学（現・東京大学）在学中の１９１４（大正3）年には菊池、久米らと第三次『新思潮』を刊行した。翌年から夏目漱石の木曜会に参加するようになり、１９１６（大正5）年、第四次『新思潮』に発表した『鼻』を漱石が激賞。これが事実上の文壇デビューとなった。

最善の死に方を模索して服毒自殺を選ぶ

しかし、発狂した母の影響もあったのか、幼い頃から慢性的な寂寥感を抱えていた芥川は、生に対する執着心が薄かった。一高時代からの友人・恒藤恭《つねとうきょう》に幾度となく手紙でその胸中を語っている。

僕は時々やりきれないと思ふ事がある。何故、こんなにして迄も生存をつづける必要があるのだらうと思ふ事がある。（恒藤恭『旧友芥川龍之介』）

1918（大正7）年、幼馴染みの塚本文と結婚し、翌年には大阪毎日新聞と社友契約を結んだ。経済的にも安定していたが、1921（大正10）年、海外視察員として訪れた中国で胸膜炎を患ってしまう。帰国後も体調が優れず、なかでも不眠症に悩まされた芥川は、睡眠薬が手放せなくなっていた。次第にうつ状態が続くようになり、彼を何度か診察した斎藤茂吉は、神経衰弱と胃弱を確認している。

そして、1927（昭和2）年に入ると、芥川は死ぬことばかり考えるようになる。晩年に執筆した作品には、自殺について思いを巡らせる記述も多い。

僕は度たび自殺しようとした。殊に自然らしい死にかたをする為に一日に蠅を十匹づつ食つた。（『闇中問答』）／僕の第一に考へたことはどうすれば苦まずに死ぬかと云ふことだつた。（『或旧友へ送る手記』）

『或る旧友へ送る手記』は久米正雄に宛てた遺書とされている。このなかで芥川は「縊死や轢死は美的嫌悪を感じる」「溺死は水泳が得意だから難しい」「ピストルやナイフは手が震えて失敗する可能性が高い」など、さまざまな自殺方法について考察した末、「服毒自殺が最善」との結論を導いている。

この年に二度、妻の友人で秘書の平松麻素子と睡眠薬による心中を試みているが、もとより死ぬつもりのない麻素子は芥川家に連絡し、いずれも未遂に終わっている。

かくして1人で死ぬことを選んだ彼は、同年7月24日深夜、田端の自宅で大量の睡眠薬を服用し、念願の自殺を遂げることとなった。

不眠症に悩み続けたノーベル賞作家

川端康成《かわばたやすなり》

──生没年月日──

1899(明治32)年6月14日～1972(昭和47)年4月16日

──出身地──

大阪府大阪市

──代表作──

『伊豆の踊子』
『雪国』
『古都』

──プロフィル──

第六次『新思潮』や『文藝春秋』の同人を経て、『文芸時代』を創刊。新感覚派を代表する作家として『雪国』や『古都』などに代表される日本的な美の世界を描き続け、1968年度ノーベル文学賞を受賞した。

相次ぐ家族の死によって歪んだ心

1968(昭和43)年、日本人初のノーベル文学賞に輝いた川端康成。日本的美意識を追求し、名文からなる数多の秀作を残した世界に誇る文豪である。

初期の代表作『伊豆の踊子』は、20歳の主人公が、旅行先の伊豆で出会った踊り子の少女に淡い恋心を抱く物語だ。主人公が伊豆に出掛けた理由は、自身の「孤児根性」をたたき直すためであり、川端は同作を「事実そのままで虚構はない」と述懐している。川端が抱いた孤児根性は、相次ぐ家族との死別によってもたらされた。

両親と姉の4人家族だったが、開業医だった父が1歳のときに他界し、翌年に母も結核で他界。その後、祖父母に育てられるも、7歳の時に祖母が亡くなり、15歳で祖父も失っている。なお、姉は別の家に引き取られ、ほとんど会ったことはないそうだが、彼女もまた9歳の時に早逝している。

肉親がばたばたと死んで行つて、十五六の頃から私は一人ぽつちになつてゐる。さうした境遇は少年の私を、自分も若死にするだらうと言ふ予感で怯えさせた。

川端康成

これは、川端が30歳頃に『文藝春秋』に寄せた随筆『一流の人物』の一節だ。第一高等学校（現・東京大学）に入学後は寮生活を送ったが、心を閉ざした少年にとって、同級生との共同生活は息苦しい環境だった。

しかし、そんな自分を変えようと伊豆に赴いた。幸運にも、そこで旅芸人の一座と出会った。彼曰く「幼年時代が残した精神の疾患」は、踊り子の少女との交流を経て癒やされたという。

以後、一高の寮生たちとも交流を持つようになった。友人の少なかった彼にとって、文学は数少ない心の拠り所だったが、この頃には自身が作家として生きることを目指すようになっていた。1921（大正10）年には友人たちと第六次『新思潮』を創刊し、1923（大正12）年には同窓の先輩である菊池寛が創刊した『文藝春秋』の同人に加入。その後の活躍は語るまでもなく、作家・川端康成は文壇に確固たる地位を築くこととなる。

しかし、成功を収めた川端だったが、少年期から続く悪習慣に苦しんでいた。家族を失った孤独感から夜を過剰に恐れ、不眠症を患っていたのだ。49歳の時に発表した『しぐれ』には、「安らかな深い眠りを恵まれる夜は年のうちに幾日もなく、不眠症や睡眠不足も四十年の習わしではむしろそれが常とありまして、まともに寝入りそうな夜はかえってなにか不安を感じます。」とある。不眠症は年を重ねごとに悪化していき、60代に入った頃には睡眠薬中毒に陥っていた。禁断症状が出て、二度の入院生活を送っている。

そして1972（昭和47）年4月16日、彼は逗子の仕事場で亡くなった。ガス管を咥えたまま絶命していたと報じられたが、妻の秀子はこれを否定している。遺書も残されていないため、事故説も囁かれているが、自殺だとしたら突発的なものだったと考えられる。

ネクロフィリア的な倒錯したエロス

川端は深刻な不眠症に悩まされていたが、精神病を患ったという記録はない。だが、彼が残した作品には、しばしば常軌を逸した官能描写が確認できる。

初期の作品である『死体紹介人』では、主人公の青年・新八が女性の死体に倒錯的なエロスを抱いている。新八は、ユキ子という若い女性と1つの部屋を間借りしていた。両者が顔を合わせることはなく、昼間は新八が勉強部屋として利用し、夜はユキ子の寝室だった。あるとき、ユキ子は肺炎で亡くなってしまうが、新八は身寄りのないユキ子の内縁の夫を装い、彼女の死体を医大に提供することにした。

いよいよ彼女の体が学生達のメスに切り刻まれるのだと思ふと、ユキ子は私の感情の中に、不思議と生き生きとしてきたことは事実でした。

後期に発表した『眠れる美女』でも、睡眠薬で眠らされた若い女の裸体を観察する老人を描くなど、しばしば生命力を失った物体に執着を示すような傾向が見受けられる。

傲慢なスター作家の悲しい末路

島田清次郎《しまだせいじろう》

自らを「人類の征服者」と称する

自身2作目、弱冠20歳で発表した『地上』が大ベストセラーとなり、世間にその名を轟かせた島田清次郎。自尊心が高く、傲慢な言動が目立った彼は、孤独な生涯を送った。

1899（明治32）年、石川県の美川で生まれた清次郎は、2歳の時に海運業を営む父が海難事故で他界し、母の実家に引き取られ金沢の茶屋街に移り住んでいる。

幼い頃から優秀で、周囲からは神童ともてはやされて育った。このため、しばしば教師に対して反抗的な態度をとり、中学時代には何度か停学処分を受けている。天才の自分が受け入れられないのは、学校側に問題がある――。自分の言動を棚に上げて、そう考えるような少年だった。そんな折、祖父が米相場で失敗し、家業の芸者屋の経営が苦しくなっ

生没年月日

1899（明治32）年2月26日～1930（昭和5）年4月29日

出身地

石川県石川郡（現・石川県白山市）

代表作

『地上』

プロフィル

幼い頃に父を亡くし、母方の実家で育つ。20歳の時、貧しい境遇にある天才少年を描いた自伝小説『地上』がベストセラーとなり、一躍スター作家となる。その後はヒットに恵まれず、31歳で肺結核により死去。

た。清次郎を中学に通わせることも難しいほどだったそうだが、縁あって実業家・岩崎一に見出され、東京の明治学院普通部に転入している。ここでも優秀な成績をおさめていたが、あるとき、恩人である岩崎と口論し、帰郷を余儀なくされた。

勉学を見限った清次郎は、哲学や文学の書物を読みあさった。ちょうどこの頃、金沢では同郷出身の室生犀星や尾山篤二郎《おやまとくじろう》に触発されて、同人活動が活発になっていた。創作に打ち込み、同人誌にも発表。そして、1917（大正6）年に『中外日報』で処女作『死を越ゆる』を発表したのち、2年後に発売された自伝的小説『地上』が大ヒットしたのである。

しかし、一躍大スターとなったことで、世間は彼の作品と同時に、その誇大な言動をも知ることとなる。清次郎は自らを「人類の征服者」や「精神界の帝王」と名乗り、周囲の顰蹙を買うことも少な

島田清次郎

くなかった。10代の頃、彼は才能が認められないことを理由に二度の自殺未遂をしている。傲慢な態度は打たれ弱さの裏返しかもしれないが、時の人となった今、周囲の揶揄に対し、エッセイ『閃光雑記』で次のように反論している。

日本全体が己れに反対しても世界全部は己れの味方だ。世界全部が反対しても全宇宙は己れの味方だ。宇宙は人間ではない、だから反対することはない。だから、己れは常に勝利者だ。

もはや怖い物知らずの彼は、講演に呼ばれた際には「今夜誰の話を聞かなくても私の話さえ聞いたらいい。諸君は今夜私の話を聞くのは幸福だ」と言い放ち、後輩に褒められた際には「総理大臣よりも偉くなった」と真顔で答えたそうだ。

スキャンダルで失墜し統合失調症を患う

1922(大正11)年1月、清次郎は自分のファンの中から山形の資産家の娘・小林豊子を選び、半ば強引に東京へと連れ出して結婚している。しかし、豊子は嫉妬深い夫にすぐに嫌気が差し、わずか3ヵ月後、清次郎が外遊に出たすきに実家に逃げ帰っている。

　そして１９２３（大正12）年、懲りずに別の女性を追いかけた清次郎は、婦女誘拐、監禁陵辱、強盗の疑いで告訴されてしまった。当時、彼は海軍少将・舟木《ふなき》錬太郎《れんたろう》の娘・芳江と交際していたのだが、デートで葉山を訪れた際、葉山御用邸を警備中の警官に怪しまれ、拘束されている。舟木家は芳江が一方的に連れ回されたとして告訴。のちに勘違いだったと分かり、告訴は取り下げられている。だが、この事件が報じられた際、マスコミは清次郎を激しく糾弾し、彼の名声は失墜した。仕事が激減し、無実が明らかになったあとも、彼に執筆依頼が来ることはなかった。

　地に墜ちた清次郎は、知人に片っ端から借金を申し込む。しかし、誰に対しても傲慢だった彼を支援する者はいなかった。その後、極度のストレスから統合失調症を患い、暴力事件を起こしたのちに精神病院へと入院。病室では意味不明な言動を繰り返し、糞尿をまきちらした。大声で泣き叫び、医者に慰められる姿は、かつて「己は常に勝利者だ」と豪語した男と同一人物とは思えなかったという。

　そして１９３０（昭和5）年4月、肺結核により31歳でこの世を去った。悲しいことに、彼の死を惜しむ声は驚くほど少なかった。

死後に名声を得た不遇の作家

宮沢賢治《みやざわけんじ》

父との確執で中学時代に躁うつ病を発症

雨ニモマケズ／風ニモマケズ／雪ニモ夏ノ暑サニモマケヌ

ご存じ、宮沢賢治の代表作『雨ニモマケズ』の冒頭である。一般的に「詩」と見なされているが、真偽は不明だ。なぜなら、同作は賢治の死後、彼の手帳に綴られていたメモを作品化したものだからだ。今でこそ多くのファンがいる賢治だが、生前は無名作家だった。生涯で出版した書籍は、詩集『春と修羅』と童話集『注文の多い料理店』の2冊のみ。しかも、どちらも自費出版同然であり、まったくと言って良

生没年月日

1896(明治29)年8月27日〜
1933(昭和8)年9月21日

出身地

岩手県稗貫郡
(現・岩手県花巻市)

代表作

『注文の多い料理店』
『雨ニモマケズ』
『銀河鉄道の夜』

プロフィル

花巻で農業指導者として活躍しながら詩歌や童話の創作を続ける。生前に刊行したのは2冊のみだが、死後、草野心平らの尽力で『銀河鉄道の夜』『風の又三郎』『雨ニモマケズ』など多くの作品が刊行された。

いほど売れなかった。

１８９６（明治29）年、賢治は岩手県稗貫郡（現・花巻市）に生まれた。父・宮澤政次郎は質屋と古着商を営み、裕福な家庭だったという。政次郎は熱心な仏教徒で、賢治は幼い頃から経文に親しんでいた。賢治の死後、実弟の宮澤清六は兄の全集校訂に励んだ人物だが、そんな著書『兄のトランク』によれば、賢治は「物静かで哀しげな旅僧のような雰囲気」だったという。

盛岡中学校（現・盛岡第一高等学校）に入学後、同校の卒業生に石川啄木がいたことから詩歌に興味を持ち、自身も詩歌を創作するようになった。政次郎は、長男だった賢治に家業を継がせたかったようだが、賢治は文学に傾倒していった。中学卒業を控え、賢治は進学を希望していたが、これに政次郎は強く反対。しかし、鬱々と家業を手伝う賢治を見かねて、父は進学を了承。すると瞬く間に元気を取り戻し、１９１５（大正４）年、盛岡高等農林学校（現・岩手大学農学部）に首席で入学している。

進路にともなう父との応酬により、この頃から賢治は躁うつ病を発症したといわれている。彼自身も頭の異常を自覚しており、幻覚を見ることもあったそうだ。賢治は、その生涯で約９００首の短歌と１０００編の詩を生み出した。これら詩歌の中には、賢治の異常を窺わせる作品も少なくない。

なにのために／ものをくふらむ／そらは熱病／馬ははふられわれは脳病
わがあたま／ときどきわれに／ことなれる／つめたき天を見しみることあり
目は紅く／関節多き動物が／藻のごとく群れて脳をはねあるく
ものはみな／さかだちをせよ／そらはかく／曇りてわれの脳はいためる

躁うつ病は、気分が高揚する「躁状態」と意欲を衰える「うつ状態」が交互に現れる精神障害だ。以後、賢治はうつ状態に悩まされながらも、躁状態においておびただしい数の作品を生み出すようになる。

草野心平の尽力で死後に名声を得る

1921（大正10）年1月、唐突に賢治は家出して、東京行きの汽車に乗り込んだ。職業作家を目指していた彼は、かねてから上京を考えていた。すると、棚の上から本が落ちてきたそうで、これを啓示と捉えた彼は、そのまま家を飛び出したのだ。

躁状態の勇み足とも思えるが、東京に移り住んだ賢治は、印刷所の文信社に勤めながら創作活動に励んだ。1ヵ月に3000枚もの原稿を書いたこともあったそうで、『よだかの星』などの童話も多く生み出している。しかし、作家として生計を立てるのは難しく、彼が生涯で得た原稿料は、この時期に執筆した童話『雪渡り』で得た5円だけだったという。

しかし、彼の意欲を打ち消すかように、実家から電報が届いた。可愛がっていた妹トシが病に倒れたことを知らせるもので、これを受けて賢治は帰郷。翌年11月、トシは24歳の若さでこの世を去り、強いショックを受けた賢治はうつ状態に陥った。

幸いにも長引くことはなく、賢治は花巻農学校の教師として働きながら、創作を再開。妹の臨終を綴った「永訣の朝」などを収録した詩集『春と修羅』と童話集『注文の多い料理店』を出版したのもこの頃である。

冒頭で述べた通り、この2冊が注目を集めることはなかった。その後、賢治は躁うつ病に苦しみながら創作を続け、1933（昭和8）年9月に肺炎で死去している。

だが、賢治の才能を高く評価していた詩人・草野心平《くさのしんぺい》は、賢治の死を受けて彼の作品を次々と刊行していった。草野は「現在の詩壇に天才がいるとしたら宮澤賢治だ」と述懐しており、彼の尽力によって宮沢賢治の名と作品は後世に広く知られることとなった。

自殺未遂を繰り返した死にたがり

太宰治《だざいおさむ》

――生没年月日――

1909(明治42)年6月19日～
1948(昭和23)年6月13日

――出身地――

青森県北津軽郡
(現・青森県五所川原市)

――代表作――

『走れメロス』
『斜陽』
『人間失格』

――プロフィル――

青森の名家に生まれる。自虐的ながらも道化的精神と絶妙な語り口で、人間の偽善を描く作品を次々と発表。私生活では自殺未遂を繰り返し、38歳で『人間失格』を脱稿したのちに玉川上水で入水死している。

突発的な心中を起こして自分だけ生き残る

自殺未遂と心中未遂を繰り返した無頼派の文豪・太宰治。自身の作品を「デカダン小説」と評された際には文芸誌で『デカダン抗議』を発表し、「私は何時でも理想小説を書いてきたつもりだ」と反論している。だが、小説のジャンルはさておき、彼の生涯に退廃が見え隠れしたことは否定できない。

太宰の父・津島源右衛門は、青森でも有数の大地主だった。地元での影響力は強く、津島家の関係者は何かと贔屓され、学校では学力に関係なく最高評価の甲が与えられたという。太宰は忖度されずとも学業優秀だったが、道徳的な負い目を感じていたそうだ。19歳のとき、同人誌に地主階級を批判する小説を発表するなど、自らの出自を好ましく思っていなかった。

1929（昭和4）年12月、下宿先で大量のカルモチン（睡眠薬）を飲んで昏睡状態に陥った。自殺を図った理由は定かでないが、当時の彼は、成績の低下、芸者・小山初代との交際問題、左翼運動への参加など、複数の問題を抱えていた。これらのストレスにより、何らかの精神疾患を発症させた可能性が高い。

太宰治

後年、太宰は鎮痛剤パビナールの依存症に陥り、見かねた井伏鱒二《いぶせますじ》らに勧められ、精神科に入院している。彼の不安定な精神は若い頃から始まっていたと見られ、この自殺未遂以降、強いストレスを感じるたびに自殺未遂や心中未遂を起こすようになった。

太宰は芸者の初代と愛し合っていたが、津島家は2人の仲を認めなかった。しかし、初代が太宰の手引きで出奔したことを知ると、津島家は「太宰の分家除籍」を条件に2人の結婚を認めた。承諾した太宰は初代と結納を交わすが、その直後、津島本家から縁を切られた本当の理由が、太宰の左翼運動にあったことを知り、強い衝撃を受けた。この結果、1930（昭和5）年11月、太宰は銀座のバーで女給をしていた田部シメ子とカルモチンによる心中を図っている。

シメ子には内縁の夫がいたが、太宰と不倫していたわけではない。当時、シメ子は夫との関係が悪化していた。そんな折、彼女が勤めるバーで痛飲した太宰は、疲れ切った彼女の「死にたい」の一言に誘発され、心中を図ったのだという。太宰は一命を取り留めたが、シメ子が死亡したことにより、彼は自殺幇助罪に問われ、起訴猶予となった。

再婚で筆が進むも、結核が悪化した末に心中

その後も、太宰は強いストレスを受けては突発的な自殺に走った。1935（昭和10）年3月、東京帝国大学（現・東京大学）の卒業が絶望的となり、新聞社の入社試験を受けるも不合格。鎌倉山で首吊り自殺を図ったが、紐が切れて生き延びてしまった。

翌年、彼は処女作となる『晩年』を出版しているが、この頃はパビナールの依存症で精神的に不安定な状態に陥っていた。先述した精神科への入院もこの時期だが、なんと太宰

の入院中に妻の初代が画学生の青年と密通してしまう。初代の不貞を知ったのは退院から4ヵ月後の1937（昭和12）年3月だった。ショックを受けた太宰は、猛省する初代を連れて心中を図る。だが、揃って未遂に終わり、2人は同年6月に離別している。

創作意欲を失った太宰を救ったのは、またしても井伏だった。井伏の紹介で見合いした石原美知子と結婚すると、失地回復とばかりに執筆に専念。結婚から2ヵ月後の1939（昭和14）年3月には『國民新聞』に発表した『黄金百景』で賞金50円を獲得したのを皮切りに、毎月のように文芸誌に秀作を上梓していく。作家としての地位を確立し、安定した期間を過ごし始めた。

しかし、戦後になると、かねてから患っていた肺結核が悪化し、喀血が増えるようになった。病魔は太宰の心をも蝕み、再び不安定な精神状態に入る。1947（昭和22）年12月、『斜陽』がベストセラーになったが、彼の心は限界に近づいていた。そして翌年の6月13日、愛人の山崎富栄と玉川上水に入水し、帰らぬ人となった。この1ヵ月前に脱稿した小説『人間失格』は、完結作としては最後の作品である。

人間、失格。／もはや、自分は、完全に、人間で無くなりました。

「昭和の芭蕉」と呼ばれた酒浸りの俳人

種田山頭火《たねださんとうか》

不幸が相次ぎ心を病んで酒に逃げる

正岡子規の死後、俳壇に五七五の定型や季語に束縛されない自由律俳句が提唱された。これを継承し、「分け入っても分け入っても青い山」や「どうしようもないわたしが歩いてゐる」などの代表句で知られる俳人が種田山頭火だ。

大地主・種田家の長男として生まれたが、父の竹治郎は遊び人で、芸者遊びなどを繰り返すような男だった。母フサは、家庭を顧みない夫に疲れ果て、自宅の井戸に投身自殺してしまう。夫婦間の不和で母が自死するという体験は、彼の心に暗い影を落とした。

心を病んだ山頭火は、東京専門学校（現・早稲田大学）に入学するも、神経衰弱のために退学。一方、父・竹治郎は酒造業に手を出して失敗し、山頭火も再建に奔走したものの、

生没年月日

1882(明治15)年12月3日～
1940(昭和15)年10月11日

出身地

山口県佐波郡
(現・山口県防府市)

代表作

『鉢の子』
『草木塔』
『山行水行』

プロフィル

早大中退後、俳句雑誌『層雲』に参加。俳人・荻原井泉水に師事して自由律俳句に親しむ。相次ぐ不幸から44歳の時に出家し、托鉢生活をしながら句作を続けた。句集のほか、日記紀行文集も執筆している。

あえなく破産。結果、父は蒸発し、弟は自殺している。一縷の望みを掛けて古書店を開業したが、経営は火の車であり、妻子にも逃げられてしまう。もともと酒好きだった彼は、不幸の連鎖に耐えかね、この頃から酒に溺れるようになる。そして41歳の時、泥酔した彼は路面電車の前に飛び出した。幸い、電車は急停止したが、その場に出くわした知人の紹介で、熊本市の寺に預けられて寺男となる。１９２５（大正14）年に得度し、翌年からは法衣をまとって各地を行脚。旅先から俳誌『層雲』に投稿を続け、いつしか「昭和の芭蕉」と呼ばれるようになった。なお、出家したあとも山頭火の酒好きは変わらなかった。

――私の念願は二つ、ただ二つある、ほんたうの自分の句を作りあげることがその一つ、そして他の一つはころり往生である、（中略）――意志の弱さ、酒の強さ――ああこれが私の致命傷だ！

これは彼の日記の一節だ。病気になっても長く苦しまずに、コロリと往生したい。そんな願いの通り、１９４０（昭和15）年10月11日、いつものように酔い潰れて寝床についた彼は、そのまま脳溢血を起こしてこの世を去っている。

倦怠を歌い、倦怠の果てに死んだ不良詩人

中原中也《なかはらちゅうや》

生没年月日

1907(明治40)年4月29日〜
1937(昭和12)年10月22日

出身地

山口県吉敷郡
(現・山口県山口市)

代表作

『山羊の歌』
『在りし日の歌』

プロフィル

ダダイスムの影響を受けたのち、フランス象徴詩を学ぶ。詩集『山羊の歌』を発表したほか、『ランボオ詩集』などフランスの詩人ランボーの本を複数翻訳している。結核性髄膜炎を患い、30歳の若さで死去した。

3歳年上の恋人・長谷川泰子への執着

詩人・中原中也と言えば、詩集『山羊の歌』に収録された「汚れちまった悲しみに……」をはじめとした、倦怠や孤独を歌った詩が有名だ。しかし、それ以上に、教科書などに掲載された、端正な顔立ちの肖像写真が印象に残っている人は多いのではないだろうか。

中也と親交のあった作家・大岡昇平《おおおかしょうへい》によれば、彼の肖像写真は詩集の表紙や挿画に使われるたびに修正され、美化されていったのだという。今日、我々が目にする肖像は神秘的なイメージさえ漂うが、果たして、中原中也という男はどのような人物だったのだろうか。

彼は晩年に神経衰弱を患っているが、そこに至る過程を説明する上で避けて通れないのが長谷川泰子《はせがわやすこ》という女の存在だ。

1923（大正12）年、地元・山口中学校（現・山口県立山口高等学校）に通っていた中也は、成績不良で落第。このため、同年4月に京都の立命館中学校に編入している。京都に移り住んだ中也は、詩人・永井叔《ながいよし》の紹介で無名の若手女優に出会う。この女性が泰子だった。当時、中也は16歳、泰子は19歳だった。

意気投合した2人は翌年4月から同棲を始め、立命館中学を卒業後に揃って上京。中也は東京でのちに評論家となる小林秀雄《こばやしひでお》と知り合い、さらに小林を介して河上徹太郎《かわかみてつたろう》（評論家）や大岡昇平と交流を深めるなど、新生活を満喫していた。

しかし、上京からわずか8ヵ月後の1925（大正14）年11月、泰子は中也のもとを去ってしまう。そして、小林と付き合い始めたのだ。友人だと思っていた男に愛する人を奪われ、これより中也は長い傷心期間を過ごすこととなる。

のちに泰子は小林と別れ、中也の部屋に泊まったり、一緒に旅行へ出掛けたりすることもあったという。だが、中也とよりを戻すことはなく、酒場で出会った演出家・山川幸世《やまかわゆきよ》の子を孕み、未婚のまま出産。そして、別の男と結婚するなど奔放な生活を繰り返していた。なお、泰子が生んだ子は、中也が名付け親になっている。破局から5年が経過していたが、泰子に対する未練は変わることなく残り続けていた。

泥酔して誰かれ構わず喧嘩を売った

中也は大の酒好きだったが、泰子と別れたあとは痛飲が増えていった。彼の酒乱エピソードは枚挙に暇がない。ウィンゾアという新しいバーができると、常連となった中也は毎日のように顔を出した。しかし、酔っ払って喧嘩を繰り返すため、1年で潰れてしまったという。ちなみに、作家・坂口安吾もこのウィンゾアで中也に絡まれている。安吾の『二十七歳』によれば、そのときの様子は次の通りだ。

ある日、私が友達と飲んでいると、ヤイ、アンゴと叫んで、私にとびかかった。／とびかかったとはいうものの、実は二、三米離れており、彼は髪ふりみだしてピストンの連続、ストレート、アッパーカット、スイング、フック、息をきらして影に向って乱闘している。中也はたぶん本当に私と渡り合っているつもりでいたのだろう。（中略）こっちへ来て、一緒に飲まないか、とさそうと、キサマはエレイ奴だ、キサマはドイツのヘゲモニーだと、変なことを呟きながら割りこんできて、友達になった。

失恋と痛飲の相乗効果か、やがて中也は精神を病みはじめ、被害妄想を抱くようになる。

1932（昭和7）年、詩集『山羊の歌』の出版準備を進めていたが、思うように資金が集まらない。これを「友人たちが出版を妨害している」と思い込み、周囲に敵意を振りまいた。翌年、中也は遠縁の上野孝子と結婚したが、長男の夭逝を受けて神経衰弱が悪化。幻聴から警官の足音や自分への悪口が聞こえるようになり、1937（昭和12）年1月に精神病院に入院している。同年2月、症状は改善していなかったが、逃げ出すように退院。疲弊した中也は結核性髄膜炎を発病し、発熱、頭痛、視力障害のほか、歩行障害などの神経症状が現れたのち、同年10月に死去した。

晩年の中也と会話を交わした詩人・萩原朔太郎は『文學界』に寄せた随筆『中原中也君の印象』のなかで、こう述懐している。

その時中原君は、強度の神經衰弱で弱つてることを告白し、不斷に強迫觀念で苦しんでることを訴へた。（中略）中原君は僕のことを淫酒家と言つてるが、この言はむしろ中原君自身の方に適合する。（中略）つまり中原君の場合は、強迫觀念や被害妄想の苦痛を忘れようとして酒を飲み、却つて一層病症を惡くしたのだ。

アドルム中毒で入院した「偉大なる落伍者」

坂口安吾《さかぐちあんご》

生没年月日
1906(明治39)年10月20日～
1955(昭和30)年2月17日

出身地
新潟県新潟市

代表作
『堕落論』
『白痴』
『不連続殺人事件』

プロフィール
戦前は『風博士』や『黒谷村』などの独特の世界観で注目を浴びる。戦後、既存の道徳観を否定した評論『堕落論』を発表し、独自の反俗精神を提唱。無頼派を代表する作家となり、混迷期の日本に衝撃を与えた。

戦後の日本人に指針を示す

織田作之助や太宰治など、戦後の混迷期に台頭した無頼派。坂口安吾も無頼派を代表する1人であり、出世作は1946（昭和21）年に発表した評論『堕落論』だ。

人間は変りはしない。ただ人間へ戻ってきたのだ。人間は堕落する。義士も聖女も堕落する。それを防ぐことはできないし、防ぐことによって人を救うことはできない。人間は生き、人間は堕ちる。そのこと以外の中に人間を救う便利な近道はない。

戦争に負けたから墜ちたのではない。人間だから、生きているから墜ちるだけだと説き、方途を失った日本人に、明日へ踏み出すための活力を与えた。

ちなみに「安吾」というペンネームは、問題児だった少年時代、教師から「自己に暗い奴だから『暗吾《あんご》』と名乗れ」と言われたことが由来だ。

反抗的な落伍者に憧れていた安吾は、後日、学校の机に「余は偉大なる落伍者となつていつの日か歴史の中によみがへるであらう」と彫ったという。

坂口安吾

　反抗心旺盛な安吾は、内面に抱える違和感の答えを求め、哲学書や仏教書を読み耽った。文壇デビューは1931（昭和6）年に発表した小説『木枯の酒蔵から』だが、随筆や翻訳も多く執筆した。
　なかでも、戦時中の1942（昭和17）年に発表した随筆『日本文化私観』は、形骸化した伝統や国民性に異を唱えるなど、当時としては大胆な思想で、『堕落論』と並ぶ安吾の代表的な随筆である。

アドルム中毒で狂人に

『堕落論』の発表後、『白痴』や『不連続殺人事件』などの代表作を上梓し、流行作家の仲間入りを果たした。だが、安吾は多額の原稿料をすぐに使い切ったという。この結果、坂口家は税金を滞納し、家財や原稿料の差押えを喰らってしまう。開き直った安吾は、国税庁に向けて『差押エラレ日記』や『負ケラレマセン勝ツマデハ』を発表し、税金不払い闘争を行っている。

また、多忙を極めた1948（昭和23）年頃からアドルム、ヒロポン、ゼドリンといった薬物を乱用。やがてアドルム中毒で狂気の発作を繰り返すようになり、全裸で外に飛び出す、階段の上から家財道具を投げ落とす、2階から飛び降りる……など暴れ回った。困った友人たちは、アドルムから意識を遠ざけようと、毎晩交代で安吾と酒を飲みながら語り続ける作戦を決行。だが、1日飲まないだけで禁断症状が出てしまう。結局、1949（昭和24）年2月下旬、安吾は東大病院神経科に入院することとなった。

退院後、入院中の体験を綴った『精神病覚え書』を発表しているのも安吾らしい。

僕のうけた治療は持続睡眠療法であった。これはある種の催眠薬によって、人工的に一ヶ月ほど昏睡させるものである。この昏睡の期間に、患者は食事をとり、用便をし、時に医者と話を交し、僕の場合は本や新聞を片目をつぶりながら読んでいたりした由であるが、それらのことは全く覚醒後は記憶に残っていない。一ヶ月睡って目覚めた時、一晩睡ったとしか思わない。はじめは、一ヶ月の時日のすぎていることが、どうしても信じられないものである。

なお、先述の差押えはまさにこの時期だった。税務署が坂口家を訪れたとき、入院中で不在だったために保留扱いになっている。一方、安吾は症状が改善しており、見舞客と連日のように後楽園に出掛けて野球観戦を楽しんでいたというから、さすがである。

1955（昭和30）年2月、安吾は脳溢血で死去した。

折しも日本は戦後の復興期に突入しており、翌年の経済白書の結語には、かの有名な「もはや戦後ではない」の文字が記された。『堕落論』で戦後の日本人を鼓舞し、役目を終えたかのようにこの世を去った安吾。良くも悪くもマスコミを賑わせた彼は、少年時代の予告通り、偉大なる落伍者として歴史に名を残したのだ。

主な参考文献

『芥川賞を取らなかった名作たち』佐伯一麦著（朝日新聞出版）／『朝日新聞一〇〇年の記事に見る恋愛と結婚』（朝日新聞社）／『生き、愛し、書いた。　織田作之助伝』大谷晃一著（講談社）／『胃弱・癇癪・夏目漱石　持病で読み解く文士の生涯』山崎光夫著（講談社）／『一葉 樋口夏子の肖像』杉山武子著（績文堂出版）／『かの子繚乱その後』瀬戸内晴美著（講談社）／『片思いの発見』小谷野敦著（新潮社）／『鏡花幻想譚』泉鏡花著（河出書房新社）／『倉田百三＜増補版＞』鈴木範久著（大明堂）／『狂うひと　『死の棘』の妻・島尾ミホ』梯久美子著（新潮社）／『元始、女性は太陽であった　平塚らいて自伝』（大月書店）／『原色シグマ新日本文学史』秋山虔・三好行雄編著（文英堂）／『光太郎と智恵子』北側太一・高村規・津村節子・藤島宇内著（新潮社）／『ここ過ぎて　白秋と三人の妻』瀬戸内晴美著（新潮社）／『斎藤茂吉・愛の手紙によせて』永井ふさ子著（求龍堂）／『坂口安吾　風と光と戦争と』（河出書房新社）／『佐藤春夫読本』辻本雄一監修・河野龍也編著（勉誠出版）／『里見弴伝「馬鹿正直」の人生』小谷野敦（中央公論新社）／『小説石川啄木　伝説と実像のはざまで』梁取三義著（光和堂）／『昭和史発掘1』松本清張著（文藝春秋新社）／『続年月のあしおと』広津和郎著（講談社）／『田中英光評伝　無頼と無垢と』南雲智著（論創社）／『谷崎潤一郎伝　堂々たる人生』小谷野敦（中央公論新社）／『種田山頭火の死生　ほろほろほろびゆく』渡辺利夫著（文藝春秋）／『田山花袋研究』全十巻　小林一郎著（桜楓社）／『ちくま日本文学全集』（筑摩書房）／『父親としての森鷗外』森於菟著（筑摩書房）／『鉄幹と文壇照魔鏡事件　山川登美子及び「明星」異史』木村勲著（国書刊行会）／『伝記伊藤整　詩人の肖像』曾根博義著（六興出版）／『徳田秋聲伝』野口冨士男著（筑摩書房）／『直木三十五伝』植村鞆音著（文藝春秋）／『永井荷風傳』秋庭太郎著（春陽堂書店）／『中原中也』大岡昇平著（講談社）／『人間臨終図鑑1〜3』山田風太郎著（徳間書店）／『眠れないほどおもしろいやばい文豪』板野博行著（三笠書房）／『人を惚れさせる男　吉行淳之介伝』佐藤嘉尚著（新潮社）／『藤村をめぐる女性たち』伊東一夫（国書刊行会）／『文豪』松本清張著（文藝春秋）／『文豪春秋 百花繚乱の文豪秘話』ライブ編（カンゼン）／『文豪図鑑　〜あの文豪の素顔がすべてわかる〜』（自由国民社）／『文豪図鑑 完全版　〜あの文豪の素顔がすべてわかる〜』（自由国民社）／『文士と姦通』川西政明著（集英社）／『文豪の女遍歴』小谷野敦著（幻冬舎）／『文豪はみんな、うつ』岩波明著（幻冬舎）／『没後九十年不滅の文豪』（河出書房新社）／『三島由紀夫　没後35年・生誕80年』（河出書房新社）／『宮本百合子』中村智子著（筑摩書房）／『我が愛する詩人の伝記』室生犀星著（中央公論社）／『わが師折口信夫』加藤守雄著（文藝春秋）

イースト新書Q

Q074

文豪《ぶんごう》のすごい性癖《せいへき》
開発社《かいはつしゃ》

2021年7月20日　初版第1刷発行

DTP　臼田彩穂
イラスト　岡本倫幸
写真協力　AFP/アフロ、PIXTA
編集　岡田宇史
発行人　北畠夏影
発行所　株式会社イースト・プレス
東京都千代田区神田神保町2-4-7
久月神田ビル　〒101-0051
tel.03-5213-4700　fax.03-5213-4701
https://www.eastpress.co.jp/
ブックデザイン　福田和雄(FUKUDA DESIGN)
印刷所　中央精版印刷株式会社

ISBN978-4-7816-8074-3